第二の故郷
三田の山

池井　優

慶應義塾大学出版会

第二の故郷　三田の山・目次

第一部　第二の故郷　三田の山——大学と大学生

第二部　父、母、師、友、旅

第三部　身辺雑記

本文イラスト　コーチ・コー

第一部　第二の故郷　三田の山

――大学と大学生

最近塾生用語事情

「じゃ、一時に福ちゃんの所でね」

女子学生が三田のキャンパスで友達にいっている。古い世代ならフクちゃんといえば、横山隆一のマンガの主人公、早慶戦の時に早稲田の学生席の後を彩る絵に登場するあれだ。だが慶應の女子学生達がいっているのは、なんと福澤先生のことである。三田の旧図書館の前にある福澤先生の胸像、その前で一時に待っているからというのが「福ちゃんの所」あるいは「福ちゃん前」なのだ。

最近の塾生の話す会話の中には、われわれが理解できない言葉がいろいろ入っている。例えば「ぱんきょうの池政をブッチして、ひよ裏のゲーセンで遊ぼう」だ。〝翻訳〟すると「一般教養の池井の政治学をサボって日吉の駅向うのゲームセンターで遊ぼう」となる。日吉の学生達は授業が終ると「おかじゅう」へ出て来る者も多い。「おかじゅう」とは自由ヶ丘のこと、ちなみに二子玉川園は「にこたま」と呼ばれる。戦後の混乱期、銀座をザギン、有楽町をラクチョウ、新橋をバシンといったヤクザとヤミ市と夜の女を連想させるだけに、変な省略には抵抗があるが、学生達はそうした悪い歴史を知らず、「おかじゅう」、「にこたま」を連発する。

日吉の学生はそのうちに「並木伝説」を語るようになる。日吉キャンパスの銀杏の葉が落ちる頃ま

でにガールフレンド、あるいはボーイフレンドを見つけないと、四年間恋人ができないという伝説である。

日吉の教養課程を終えた学生は、文・経・法・商なら三田へ、理工は矢上へ、医学部は四谷へと移る。理工学部の学生が二年から三年になって矢上へ移るのを「谷越え」という。途中に例の蝮谷があるのでこう呼ばれているのだそうだ。だが教養の単位を落した者は、三田や矢上に移ったにもかかわらず、日吉にとり残した科目の授業を受けに来なければならない。これを「来日」という。だが進級できなく落ちる者もいる。これを落第生を縮めて「落生」と呼び、正規の学生は表なのに対し留年して同一学年を二回やると、「裏」となる。例えば「法学部政治学科一回の裏」は、二年目の一年をさすのである。

学生にとって出席を毎回とったり、試験の採点が厳しいと「えぐい」授業になる。これに対し点が甘く単位が容易にもらえるのは「楽勝」あるいは「楽勝科目」だ。非常に厳しい、全く楽だにはこれに「ド」とか「くそ」がつく。ド楽勝、くそえぐいといったいい方である。試験の時期になると優秀な学生のノートのコピーが出まわる。かつては人のノートを写したり、カーボンコピーでとったのが、ノートをコピーマシーンに入れてボタンを押すだけで授業に毎時間出席し、ていねいにノートをとった真面目学生の成果がたやすく手に入るとあって、優秀なノートのコピーのコピーのコピーが生れる。これを「孫コピー」あるいは「曾孫コピー」と称し、授業に出ない学生のよりどころとなる。

三田に進学した男子学生、特に体育会の学生にとって楽しみのひとつは、正門の近くにあるラーメン二郎で独特の味つけの大盛ラーメンを食べることだ。いつも行列ができるほど人気のあるこのラーメン屋の前に、シャッターのあく前の一〇時頃から並んで待っている学生がシャッター二郎と呼ばれる学生達だ。

「天は人の上に人を造らず」の福澤先生もまさか「福ちゃん」と塾生に呼ばれるとは、考えもつかなかったのではあるまいか。地下で苦笑しておられるかもしれない。

（1989・9）

卒業論文

「いいかい、学生の書く卒業論文にも一流から三流まである。三流の卒業論文というのは、大きなテーマでそのテーマに関する概説書を四、五冊読んでまとめるものだ。こんな論文なら書かない方がいい。二流の卒論は、そのテーマに関する研究書、研究論文まで読み、専門家の研究成果をある程度とり入れながら作成したものだ。では、一流の卒業論文とは何か、一流の卒論とは、小さいテーマだが広がりがあり、しかも先行業績がないか、先行業績があってもそれを越えられるもの、そして自分の足で資料を集め、考えながら作りあげるものだ。学生といっても、その気になれば一流の卒業論文は必ず書ける。頑張ってやりたまえ」

長年、慶應義塾大学法学部政治学科で日本外交史のゼミナールを担当してきたが、卒業論文を準備する段階になると、毎年、ゼミ生を前にこう言ってハッパをかける。ただしほとんどは大学院に進学するわけでもなく、一般社会に出ていくので、学界ではとりあげないような少々はずれたテーマでも、独創性があれば許可することにしている。その結果、毎年ユニークな卒業論文が提出される。

いくつか例をあげてみよう。高校時代野球部に所属し、野球をテーマに卒業論文を書きたいといっていたG君は、「日台野球交流史—嘉義農林と近藤兵太郎」を選び、戦前高砂族を中心に構成されていたこの台湾の学校に日本から赴任した近藤兵太郎監督が、チームを鍛えあげ、甲子園の全国中等学校野球大会に出場する経過を追った。特に、日本が植民地統治の一環として野球をいかに台湾に普及させていったか、そして彼らが初めて海を渡ってやってきた甲子園でどのような活躍をし、それがどのような影響を持ったか、分析したものである。

女子学生Yさんは「来日旅行者とようこそ外交―貴賓会を中心に」を書きあげた。貴賓会は明治二六年に外国人観光客を誘致しようという目的で結成された日本初の団体である。彼女は貴賓会設立の背景、設立にいたるまでの経緯、設立後の活動、そして来賓者の接待の実態をアメリカ陸軍長官タフト来日をケーススタディとして、詳細に論じた。資料は、関係者の回想録に加え、横浜開港資料館に所蔵されている当時の旅行案内の類を大いに活用したのである。

車好きのS君は、「陸軍の自動車政策―戦争と自動車の関係の史的展開」をテーマに選んだ。戦前期全般を通じて日本の自動車製作の主導権は陸軍が握り続けた。すなわち、陸軍は日露戦争後軍用自動車の研究に着手し、一九一八年には軍用自動車補助法を成立させ、その製作を民間に奨励した。こうして日本の自動車産業は誕生し、そして一九三六年の自動車製造事業法の成立によって、日本の自動車工業は確立の第一歩をしるしていったのである。そして第一次大戦・日中戦争・太平洋戦争の進展につれて、自動車が陸軍によってどのように活用されたかを、日本自動車工業会、防衛庁戦史部所蔵の関連資料を丹念にあたって完成させた。

また、コミュニケーションに関心を持つO君は、数ある通信手段のうちの一つである外国郵便に興味を持ち、日本における外国郵便の歴史について概観したのち、日中間の外国郵便の研究へと筆を進めた。特に在外日本郵便局が中国に進出していく時代、日清・日露戦争を通じ日本郵便局が勢力を強めていく時代、日中戦争から現代までの三つの時期に区分し、日中間の外国郵便に関する制度やとり決めがめまぐるしく変化する過程とその背景を分析した。例えば、下関・ポーツマス両条約で得た権益の下に大陸へ進出していく日本の足並にそろえるように、日本郵便局は中国各地に開設され、ワシントン体制下の対中不干渉政策の実行をうけて、日本郵便局は撤去されていく。このように日中間の外国郵便はつねに日本の対外政策と連動していることを跡付けたのである。こうして「日中間外国郵便の研究」と題する二〇〇字詰論文用紙一〇六枚の卒論が完成した。

いずれもオリジナリティに富み、自らの頭でテーマを考え、自分の足で資料を蒐集し、従来の研究を越えようとした学部学生としては〝一流〟の卒業論文である。

「君、面白いテーマの卒論を書いたねぇ」。就職試験の際卒業論文の話題だけで一五分の面接の大部分を費やし、見事第一志望の総合商社に入社したO君は、重役との面接が終った途端、テーマの決定から資料集め、執筆の苦しさなど改めて想い出したという。

（1997・12）

卒業論文返還式

「澤口実枝・改め松岡実枝殿、あなたは今日、学生生活の集大成であるこの卒業論文とともに、結婚することになりました。一〇〇パーセントの幸福を保証いたします。
平成四年一月吉日
慶應義塾大学教授　池井優」

新婦の手に私から卒業論文が手渡される。満場から拍手が起る。

職業柄、よく結婚式に招かれる。九〇パーセントが私のゼミの卒業生である。呼ばれるからには祝辞を述べることが予定されているから、準備を整えていく。

ゼミでどのような活動をしたか。たとえば大学祭の展示でディスプレイをより引き立たせるよう発泡スチロールを細工して立体的な感じをもたせるため異常な能力を発揮したこと、早稲田・明治・成蹊・上智・ICUなどと毎年行っている一〇大学合同セミナーで、委員長として会のとりまとめに努力したこと、ゼミナール対抗ソフトボール大会においてまさかの一回戦負けを喫し、夕暮れ迫る多摩川の河川敷球場で悔し泣きしたこと、卒業論文に自分の趣味と外交を結びつけたテーマを選び、資料を集めインタビューを行い、きわめてユニークな論文を仕上げたこと……などを五分以内で紹介することにしている。

また卒業論文のあとがきに、それぞれ思い入れを込めて、ゼミで学んだ感想が書いてあるので、これを引用して紹介するようにもしている。

「いまどきの大学生は、とよくいわれる。厳しい入学試験に合格した反動からか、アルバイトとレジャーに憂き身をやつし、好景気と人手不足に便乗して有名企業に就職。これでいいのだろうかとの声も聞かれる。だが私は、自分は池井ゼミで二年間、勉強もきちんとやり、大学祭、合宿、一〇大学合同セミナー、そして卒業論文と、なにごとにも全力を尽してやったと胸を張っていえる」といった一文を読むと、披露宴会場から思わず拍手が起る。

そして祝辞が終ると、新郎あるいは新婦に起立してもらい、卒業論文の返還式を行うのである。

卒業生から電話があって、「そろそろ卒業論文を返していただきたいのですが」といえば、それがなにを意味するか、すなわち結婚が内定したということの別の表現であることは説明するまでもない。

（1992・2・10）

成績表

「やあ、まいったな。だけど体育会剣道部をやっていて四年間でAが二〇、まあいい方じゃないか」

自分の成績表を前にして、居直っているのは橋本首相。場所は総理官邸。一九九八年一月一五日・成人の日、東京はじめ関東地方が大雪に見舞われ、交通機関がズタズタになった日のことである。

この日私は、『慶應義塾大学法学部政治学科百年小史』を執筆するため、首相の学生時代の話を伺う予定で総理官邸に赴いたのである。事前にご本人の許可を得て、教務課で昭和三五年卒政治学科卒業生の成績表の中からコピーをとってもらったのである。

「取り扱いには十分注意して下さい」

教務課の職員が心配そうな顔つきでコピーを渡してくれた。確かに当時現職であった橋本首相の学生時代の成績のコピーがあれば「橋龍は優等生ではなかった」といったタイトルのもと、週刊誌が大喜びでとりあげることも十分あり得る。

慶應の成績はA・B・C・Dで評価される。A・B・Cは合格、Dは不合格。かつて橋本首相は日本国際政治学会の創立五〇周年記念大会に招かれた際、こう挨拶した。

「私は学生時代、国際政治学がCでした。そんな成績をとった者が、外交をはじめ日本を動かしている。日本というのはすごい国です」

出席した国際政治・国際法・外交史などの専門家は、大笑いしてそのスピーチを聞いたが、成績評価はつける方もつけられる方も嫌なものだ。

明治時代に日本の学校制度が発足して以来、成績評価のため通信簿が学期の末毎に渡されるようになった。当時の評価は甲・乙・丙、特に良くできたものは甲上という評価があったと聞く。やがて優・良・可となり、特に優れたものには秀がつけられた。戦前の慶應の予科は良・可・不可・大不可で、大不可すなわち落第点は成績表に大きく赤で記され、「お前はこの科目を落したんだぞ、落第したんだぞ」がはっきり記され、塾生の間で「大不可をくらうな」が合言葉になったという。最近小学校では、五段階評価にしたり、「よくがんばりました」「もう少しがんばりましょう」など子供心を傷つけない表現に改められたというがとんでもなくできない答案を見ていると、戦前あった「大不可」を復活してもらいたい気持ちになってくる。

数年前、成績表を受取った学生から教務を通じて厳重な抗議があった。

「政治学にDがついてきましたが、どうしても納得できません。ぼくの答案のどこがいけなかったのですか……」

答案をチェックしてみると、質問に対して全くピントはずれなことが書いてある。その答案をコピーし、誤ったところを添削するとともに、Aをつけた他の答案のコピーを名前を消して同封した。

「君の答案は浅い常識で書いているところが問題です。採点をすると一〇〇点満点で一二点、DどころかEをつけたい位です。添削と同封したA評価の答案を参照し、再試験を受けて下さい」

答案の中には「Aでなければ点はいりません。落して下さい」と添え書きしているのもあり、学生は必要以上に成績に神経質だ。「五割落してやった」と辛いのを売物にしている教授もいるが、答案の半数が落第点ということは、出題が悪いか授業に問題があるかの証明である。授業に一回も出なくても、他人のノートのコピーで一夜漬けで準備してAがとれるような「ド楽勝科目」としてバカにされたくもないし、といってメチャメチャに辛く「ドエグ」といわれるようにもなりたくないと思っている。

試験

「今でも試験を受けて問題が解けない、あせっているうちにベルが鳴る夢を見ることがあるんだ」

卒業後何年経っても試験の思い出は様々である。一定の問題を課し、それを解く能力によって人の能力を判定する手続きを試験と呼ぶが、入学試験、期末試験に始まり、就職試験、また公務員を目指す者には国家公務員試験、司法試験、医師の国家試験など人生に試験はついてまわる。

自分自身、小学校の入学試験に始り、大学院入学まで数多くの試験を受けてきた。また教職についてからは、出題する側にまわって、何千枚、いや何万枚という答案を見てきた。

出題するにあたって一番神経を使うのが入学試験だ。一〇年程前、日本史の出題を頼まれ戦後史を題材に選んだ。歴代首相の就任演説の一部を五つ出し、それを年代順に並べかえその演説にかかわる事項に一番関係の深かった外相名と結びつけさせる問題だった。受験生はとかく縄文、弥生時代から日本史を勉強し、明治維新ぐらいまでで終ってしまう。だが一番肝心な今日の日本をかたちづくった戦後について関心を持つべきだと自信を持って出題したのだが、受験界の評判は悪かった。ある大学入試問題正解は「こんな問題が出たら交通事故にあったと思うしか仕方がない」とまで酷評してあった。だが時代は変った。現在は戦後を含む近現代史の出題が大幅に増え、予備校でも特別に近現代史の講座を設けているほどだ。

入学試験は出題するのも責任が思いが、監督をやるのも気が重い。ピーンとはりつめた受験生の緊張感もさることながら、競争率一二倍とすると二四〇人収容の教室で、この中から確率的には二〇人しか合格者が出ないと考えると、なんだか気の毒になってくる。だが長い間入学試験に携ってくると、信じられないようなことが起る。

一つの経験は、試験が始って一〇分ほどして受験生の写真照合したところ全く似ていない。名前も違う。あわててチェックすると、この受験生は試験の始る直前に息を切らして教室にかけこんできた。そして遅刻したのであいている席が自分の席だと思いこんですわり、答案用紙、問題用紙を受けとったのだが、実はそこは欠席者の席、この受験生の席はもう少し奥であったのだ。早く気がついて席を移して事なきを得たが、こんなこともあった。同じ番号の受験票を持った学生が現れたのだ。例えば二一一五番という受験番号はひとつしかないはずである。ところが二人の受験生が二一一五番を持っていたのである。「そんなはずがない」とチェックしてみると、一人の受験生の受験票は前年のものであった。昨年も受けたのだが不合格。一年浪人して受け直したのだが、なんと引出しにしまってあった昨年の受験票を持ってきてしまったというわけだ。

受験生の中にはあわて者がいる。学部によって試験場を三田と日吉に分けるが、中には日吉なのに三田にやってきてしまう者がいる。時間に余裕がある時は、応援指導部はじめ手伝ってくれている塾生諸君が「タクシーをひろって恵比寿に行きなさい。恵比寿から地下鉄日比谷線に乗って日吉に行くこと、そのままタクシーに乗っているよりずっと早く着くから」といったアドバイスをする。何年か前には悲劇が起った。一次に合格して二次の面接を受ける受験生が場所を間違えて三田に来てしまった。ギリギリに来たために日吉に移動する時間もない。親からはなんとかしてくれという電話が学部長あてに入る。一次に合格していながら二次の面接を本人のミスによって受けられない。親の気持ちはよくわかるが、これは一〇〇パーセント受験生の不注意によるものだ。試験場を間違える受験生が何十人もいればこちらの指示に問題があったかもしれないが、何千人という中のたった一人である。説得してあきらめてもらったが、最後に親は「今後慶應に対していい印象を持ちませんよ」と捨てゼリフまがいのことをいったようだが、どこの大学、いや会社の場合でも受験資格がなくなるのは当然ではあるまいか。

かつて入試の採点は、英・数・国・社全て手作業で行っていた。記号で答えよという解答で、正解が「リ・ロ・ヘ・ロ・ツ」だったとする。リロヘロツ・リロヘロツを二〇〇〇枚も三〇〇〇枚も見ていくと夜ふとんに入って目をとじても、カタカナのリロヘロツがまぶたの中に残っていて、なかなか眠りに入れない。一〇〇枚ずつ束になった答案用紙を一枚一枚くりながら、採点をしていく。九〇枚をすぎもうあと少しでこの束が終る、それを見ている試験委員が、「おう、大分すすんだな。ハイヨ」と次の答案用紙の一〇〇枚の束をどさっと机の上に置いていく。これを一日中やっていると疲労困憊。かつては士気を鼓舞するために「黄色い封筒」というのがあった。夕方になり能率が落ちてくると、試験委員が「ご苦労さん」といいながら一人一人に黄色い封筒を渡していくのだ。中には一〇〇〇円入っている。まだ若手の助教授だった昭和四〇年代には一〇〇〇円あればまともな昼食に加えお茶が飲める額であった。採点室の隣に設けられているお茶・お菓子・みかんなどを並べた休憩室での一休みもそう何度もとるわけにはいかず黄色い封筒をもらって家に帰ると、口をきくのもいやなくらい心身共に疲労していたことを思い出す。

現在では、法学部の試験科目が減り、英語・社会（地歴）がマークシート法によるコンピューター採点に変り、手作業でチェックするのは論述力だけとなったが、今となっては疲労困憊しながらも「リロヘロツ」を追う中から「疲れたな」「もうそろそろ黄色い封筒が出る頃だな」などと仲間内でいいあいながら、連帯感が生れていった当時を懐かしく思い出す。

カンニング

試験にカンニングはつきものだ。

かの石川五右衛門は「高砂や浜の真砂は尽きるとも世に盗人の種は尽きまじ」と、辞世の句を読んだといわれるが、試験がある限りカンニングも未来永劫続くだろう。

かつて、中国が官吏登用のため科挙を課していた時、個室で何時間も、いや何日も行うため衣服の裏に要点を書いていった話などが伝わっており、古くからカンニングという人間の悪しき営みはあったらしい。

かつてのカンニングは手のこんだものが多かった。手の平に入るような小さなカンニングペーパーをつくる。文字通り米粒のような字で要点を書いて、ひそかに手の中にしのばせ試験場でそれを見るのである。あるいは硬めのボール紙のカンニングペーパーに輪ゴムを付け、試験官が来ると輪ゴムによってシャツの中に吸いこまれるような工夫をしたり、消しゴムを割ってその中に書いておいたり、カンニングペーパーを作るだけで試験勉強ができてしまうというようなものが多かった。

また、できる学生に答案を見せてもらうというのも従来のものだった。巨人の選手から監督になり殿堂入りまで果した藤田元司さんは、学生時代のカンニングを次のように回想している。

「まず、四隅を固め、できる奴を前の席に置くんです。そして問題が三題でると三番から解いてもらう。そして向うが一番をやっている間に答案をたらして三番を見せてもらう。こちらが三番を写し終った頃、向うは一番、二番を解いてそれを点検するような顔をして答案をたててもらう。そこで番の答を写すわけです。だからぼくの答はいつも一番・三番ができていて二番が白紙、こんなことをよくやっていましたよ」

また、昭和三四年卒で大学一年の時学生横綱になった相撲部OBの中尾三郎君はこんな思い出を持っている。

「学生時代、ずいぶんカンニングを助けてやりました。といって答案を見せたわけではありません。おい中尾、前にすわれ。ぼくは体が大きいからそれで試験官の目をさえぎる壁の役割を果す。ぼくの後でずいぶんノートを見たり本をひっぱり出したりしてカンニングをやったようですよ」

学生がカンニングに工夫をこらすのに対し監督の方も対策をたてる。助手に採用されて期末試験の監督に立ち合うようになると、助教授クラスがカンニング摘発法を伝授してくれる。

「カンニングペーパーを手の中に隠している奴は、試験官が近づくと必ず手を伏せる。手に汗をかいて、手の平を机にこすりつけている場合もないことはないが、遠くから見て動作がおかしく、近寄ると手の甲を伏せる奴は要注意だ。次には足音をしのばせて後からそっと近づき手首を押える。そうするとカンニングペーパーを机の下に落して靴でふんでかくそうとするから靴をどかせるんだ」といったスリ係の刑事と間違えられるようなノウ・ハウを教えられるのだ。

だが長年試験に携ってくると、監督にもいくつかのタイプがあることがわかってくる。

第一は正義の味方・黄金バット型である。自分の目の黒いうちは、不正行為はさせないとばかり問題用紙をくばり終ると、試験場の塾生に向って、「不正行為のないようあらかじめ注意しておきます。もしあった場合は、学則に従って厳しい処分を受けることを覚悟しておいて下さい」と、注意を促し、試験時間中教室の中を歩きまわり目を光らす。このタイプの試験官にかかると、学生達も恐れをなして用意してきたカンニングペーパーをひっこめ、未然に事は防がれる。

第二は岡っ引き型である。カンニングをつかまえることにスリルと生きがいを覚えるタイプだ。指導教授であった英修道先生は、若い頃カンニングをみつける名人だったという。ある日二階の教室で監督をして、斜め下の一階の教室をふと見ると、窓際で机の下からノートを出して見ているのを発見した。その教室まで降りていってつかまえたというエピソードがあるくらいだ。古い卒業生にいわせると、英先生が監督官として現れると、「修道来たる。追試にまわせ」と逃げ出したという。

第三は弱気型である。不正を憎み、カンニングなどもってのほかと思いながら、実際現場に遭遇すると気が弱くて摘発できないというタイプだ。ある教授は、女子学生が太もものストッキングの下にカンニングペーパーを入れ、スカートをたくしあげて見ているのを発見した。女子のことでもあり、おさえるわけにもいかず、さりとて気が弱く注意もできない。その教授は「独立自尊」と書いた紙きれをそっとその女子学生の机の上に置いて立ち去ったという。

時代の変化か最近のカンニングは、きわめて安易になってきた。試験時間の前に早く教室に来て机の上に細いマジックインキで要点を書いておく。窓際にすわり窓の下の壁に数学の公式・化学の方程式などを書いておく。カンニングペーパーも自分で作るのではなく他人のノートを縮小コピーしたものを持ちこむ等々である。ある時、慶應で理工系の学会をやったところ、出席した他大学の教授達が、机と脇の壁に書かれている数式の乱立にあきれはてたという話が伝わっている。天下の東大でもカンニングが横行しているという。しかも科目を落さないため、必死の思いでやるカンニングではなく、良い点、優をとりたいがためのカンニング、すなわち成績が就職、国家公務員として希望の官庁への道につながるという計算からである。

慶應義塾の学則によると、期末試験の不正行為は当該科目は0点、同時期に受けた他の科目は一ランクずつ減点、すなわちAはB、BはC、CはDとなるからカンニングを発見された時の代償は大きい。下手すると留年の憂き目をみる。したがってゼミの学生には、カンニングをするくらいなら白紙で出せ、そして再試にまわせと指導するようにしている。

採点

「なんてバカなことを書いているんだ。いったい授業に出たことがあるのかね」

「こちらのいっていることが、全然わかっていない。ピントはずれもいいところだ」

「うん、この答案はよくできてるぞ。字もきれいだし、ポイントも押えてあるし」

われわれ大学の教師にとって、嫌なことのひとつが答案の採点である。二〇枚、三〇枚ならなんということはない。三〇〇枚、五〇〇枚となるとやれどもやれども道遠しという感じで、しかも一週間以内に採点して結果を教務課に報告しなければならないとなると正直うんざりしてくる。

エンピツによるなぐり書き、誤字、あて字、脱字、表現の間違いなどを気にしていたら、一〇分もしないうちに採点の赤エンピツを投げ出したくなる。

しかしものは考えようだ。退屈な採点に楽しみを見出すことができる。五〇〇枚以上の答案を分類してみるのも、退屈をまぎらわす手段である。分類するとこうなる。

第一はゴマスリ型、「半年の間、大変すばらしい授業をありがとうございました」、「暑い中、採点ごくろうさまです」などと余白に書いてある。この手の答案は比較的できのよいものが多い。授業に出ていたからこそ、ゴマもスレるのであろう。

第二はやけくそ型だ。「何も勉強していないので、白紙で出すのも失礼と思い、最近経験した試合のことを書きます」、マンガの影響か「ヤマはずれちゃったよ。ガビーン！」。暑いから涼しげな答案を書いてくれといったら「涼しげなもの——スポーツ後のシャワー、真夏の山中の小川の川辺、潔い態度……」

こういう答案はすぐ落第点をつけられるから大歓迎だ。

第三はお願い型である。「自分は二年の時一度留年しており、今年も落ちると就職にも影響が出てきます。お願いですから単位を下さい」、「四年になって就職活動に忙しく、昨日も会社訪問があり、試験の準備ができませんでした。よろしくお願いします」、「野球部員です。練習と試合に追われ勉強する暇がありません。しかし、スポーツでは母校のために頑張っているつもりです。この点ご配慮下さい」

この手の〝お願い〟には一切応じない。一度応じると、「外交史はお願いを書いておくと点をくれるぞ」との評判がたって、翌年からそうした答案が激増するからである。

慶應にはないが、他の大学にはこんな例があるそうだ。

「自分は学生結婚をしており、間もなく子供が生れます。そのため、生活のためのアルバイトに時間をとられ、授業や試験に十分時間をさくことができませんでした。この科目を落し卒業ができないと妻子が路頭に迷うことになります。お願いですから単位を下さい」

これを見た教授はどういう反応を示したのであろうか。

第四はユーモア型だ。やけくそ型と共通するところもあるが、ユーモアのセンスがあるだけ救いがある。こんな例があった。

あの江川卓投手が慶應の受験に失敗し、法政に入学。神宮球場を舞台に剛速球を武器に活躍していた時の話である。あるシーズン、慶法戦で慶應は、法政の江川にくらいつき、一点をもぎとったものの逆転され2―1で惜敗した。翌日私の外交史の試験があった。答案用紙を配り終えると私はいった。

「昨日の慶法戦は惜しいところで負けたが今日の試験は皆頑張れよ」

試験が開始されて四、五分たつと一人の学生が立って答案を出してきた。たった二行書いてあった。

「慶法戦惜敗、外交史完敗」

以上とは別に予期しない解答が書いてある珍答案も楽しみのひとつである。

「いわゆる幣原外交と田中外交を比較検討せよ」という問題を出したところ、解答の中に幣原外交は一九二〇年代の対中国平和外交、田中外交は一九七〇年代の日中国交回復をやった外交であるとあった。こちらが出題したのは一九二〇年代から三〇年代にかけて、外相幣原喜重郎による国際協調主義・経済外交中心主義・対中国内政不干渉を三本柱とするいわゆる幣原協調外交。それに対し田中義一首相兼外相によって展開された三度にわたる山東出兵に象徴される対中国積極外交を比較させるつもりだったのだが、なんとこの学生は田中を日中国交回復をやった田中角栄ととりちがえたのだ。だいたい戦前の外交史で戦後などは扱わなかったし、試験範囲にも入っていない。またこんな答案もあった。「ハル・ノートについて説明しなさい」。ハル・ノートとは太平洋戦争直前の日米交渉中、アメリカの国務長官、コーデル・ハルが中国からの日本軍の全面撤兵、日独伊三国同盟の解消など、日本を満州事変以前の状態にもどす、日本が対米戦を決意せざるをえなかった通告だが、一人の学生は「ライシャワー大使夫人、ハルさんの回想録。当時の日米関係の裏面がよくわかって面白い」とあった。

採点は退屈で難行苦行だが、こういった答案に接する楽しみがたまにはあるのだ。

面接

「志望理由に『私立大学の中では古くて伝統があるから』と書いてありますが、その理由なら早稲田、同志社も同じではありませんか」

「はい、この大学は伝統に加えて学生数が比較的少なく、授業内容が充実し、ＯＢ会の組織もしっかりしていると聞いたものですから」

「そのことは、誰に聞きましたか」

「経済学部二年にいる高校の先輩です」

「趣味は映画だと書いてありますね。不振だといわれる日本映画が立ち直るには、どうすればいいでしょう。君の案を聞かせて下さい」

ここにきて受験生は予想しなかった質問に多少面くらいながら、エロ・グロ路線を脱して人作主義にしぼるべきだとか、渥美清に匹敵する日本映画の顔となるべきスターを発掘すべきだとか、名監督を起用して外国映画との合作の方向を模索すべきだとか、つっかえながら答える。

慶應の法学部では入学試験にあたって、A方式とB方式の一次合格者に対し、面接を課している。A方式はセンター試験で数学を含む科目を受験し応募する。法律学科・政治学科ともこの方式では五〇名しか合格しないから、そこを考え点数で足切りし、ある一定の人数を面接に残す。

B方式は外国語・地歴（日本史、世界史）、それに二〇〇〇字程度の文章を読ませ、それに対し八〇〇字程度で自己の考えを述べさせる論述力の結果、一定の点で切って一次合格とするのである。

面接は専任教員、二人一組となってあらかじめ書かせた調書に基づいて、受験生一人について七、八分位質疑応答を行う。毎年四〇人から五〇人の受験生に接すると、現在の高校生、浪人生が何を考えているか判り大変に参考になることが多い。

一九六〇年代の末から七〇年代の初めにかけては、大学、高校をまきこんだ紛争のせいであろうか、ジャンパー姿でやってきて肩をそびやかしたり、その反対に過激な学生に見られまいと長髪を切りおとしたあとがありありとわかる頭で「政治には全く関心がありません」などと、妙に猫をかぶったようなのが来て愉快ではなかった。

最近は、受験雑誌とか予備校の指導のせいであろうか。一〇人中八、九人が前に立つと「よろしくお願いします」、終ると「ありがとうございました」といって席を立つ。こちらの質問にも一応そつなく答える。かつてはあがってしまって、頬の肉がピリピリふるえているようなのがいたが、最近はそうした学生は見あたらない。服装も学生服こそ一割位だが、セーター、ブレザー、中には背広などそれぞれに格好を整えてやってくる。

しかしなにかひとつものたりない。卒業後の進路についても、法律学科なら司法試験を受験し、弁護士あるいは裁判官になりますと答え、政治学科だと、国際舞台で活躍するビジネスマン、あるいはジャーナリストという答えが返ってくるが、意外性はない。入学後の四年間でどう変っていくのか、それはわれわれの責任でもあるわけだが、現在の高校生と浪人経験者の大多数が、そつのない「合わせ型人間」ばかりであったら、「ちょっと弱るぞ」と思いながら、ホッとして出て行く受験生の姿を見送るのだ。

私語

「そこで、さっきからしゃべっている二人出ていきなさい」

思わず教壇の上から叫んだ。こちらが熱を入れて講義しているのに、後から三番目にすわっている二人は一〇分ほど前からヒソヒソ話をし、お互いにニヤニヤ笑っている。気になることおびただしい。居眠りならまだ許せる。周囲の学生に迷惑がかからないからだ。だが教室内での私語は、まわりで真剣に授業を聞きノートをとろうと考えている学生にとっては、まさに妨害行為だ。

最近の若者は、集団で人の話をじっくり聞くのが苦手だ。テレビ、あるいはステージからタレントがくだらないジョークをふりまいたり、楽器をかきならして気をひくことに慣れているため、九〇分も一〇〇分も教室で講義を聞くことに耐えられないのである。

唯一の例外が予備校である。予備校は、受講生が大学合格のため知識を吸収しようと意欲的なところにもってきて、予備校の講師達は教えることのプロだ。彼らは「五者」の能力を備えていなければならないという。英語、数学、日本史など教える分野での広く深い知識を持つ学者であること、予備校生を授業にひきずりこむ役者であること、同時に彼らを楽しませる芸者であり、こうすれば必ず合格すると占う易者、さらに自信を失くしている者を精神的に立ち直らせる医者であることも必要とされる。

予備校生は、受験の役にたたない授業にはそっぽを向く。経営者は、生徒の集らない講座は必要ないと、不人気講師の契約を解除する。あるいは早朝と夜間とに担当時間を分け、いづらい雰囲気をつくり出すという。

大学教授は、教師であるとともに研究者でなければならず、授業にばかり専念するわけにはいかない。学生がヒソヒソ話を始めるいちばん多いケースは、大教室で出席をとり、しかも講義がつまらない場合である。単調でメリハリのないむずかしい話が続けば、必ず私語が生じる。

私語を追放するにはどうするか。学生の要望に応じることが必要である。毎年、授業を開始して、三、四回講義したところでアンケートを出させる。とりあげて欲しいテーマ、授業の方法、出席をとることの可否など数項目について要望を書かせるのである。政治学であれば、自民党の派閥と総裁選出をめぐるかけひき、変化する中国の内政と外交の分析、オリンピック開催地をめぐる政策決定などの要望が出る。

その結果、一、ノートをとりやすく、二、エピソードなどをまじえ講義をおもしろくし、三、私語をする学生がいたら「出ていけ」と追い出す姿勢をみせれば、学生は必ずついてくる。

アメリカのいくつかの大学では、「最も魅力ある授業をする教授」を学生の投票で選んでいるが、日本の誇り高き教授達に適用することはできまい。

かつて亜細亜大学で学長自らが「私語追放」作戦に乗り出し、現在では新設の平成国際大学がこの問題に真剣にとりくみはじめたが、要は教授と学生がどこまで緊張関係を保てるかにある。

早慶戦

「われわれ早稲田大学体育局各部は、慶應という良きライバルを得て、……」

一九九七年、柔道・剣道・弓道・野球・ラグビー等、運動部各部で構成される早稲田大学体育局は、創設一〇〇年を迎えた。記念式典、記念講演会などが行われたが、式典の席上奥島総長は、早稲田スポーツの発展に、慶應というライバルの存在が大きかったことを特に強調したのである。

対抗意識を燃やすライバルの存在は貴重だ。イギリスにおけるオックスフォードとケンブリッジ、アメリカのハーヴァードとイェール、プロ野球なら巨人対阪神、名力士なら栃錦と若乃花、名選手なら王と長嶋……など、意識して競争する相手が身近にいることは、お互いに励みになる。

慶應義塾にとっては、ライバルは早稲田だ。慶應が城南の一角に位置すれば、早稲田は都の西北。創始者も福澤諭吉に対し大隈重信、慶應が湘南藤沢に総合政策学部・環境情報学部を開設すれば、早稲田はそれに先立って、所沢に人間科学部をスタートさせる。名応援歌「若き血」に対しては、名校歌「都の西北」……とあらゆる点で対抗する要素がある。

その良きライバルが直接対決するのが、スポーツの早慶戦である。春の隅田川の風物詩となっている早慶レガッタ、神宮プールで水しぶきをあげた早慶水上対抗、秩父宮ラグビー場を熱くする早慶ラグビー、神宮球場を春、秋彩る野球の早慶戦……。三九ある慶應の体育会運動部の各部は、早稲田を倒すことに全力を傾け、たとえリーグ戦に優勝しても早稲田に負けたのではその価値が半減するという位、早慶戦に特別な意味を見出す。

早慶両校部員が努力し、流派の違いを越えて〝早慶戦〟を実現させた例もある。それは合氣道である。そもそも合氣道は古流・柔術のひとつ、大東流柔術の流れをくむ日本武道である。合氣道は素手で立ち向うが、刀・槍・棒などの攻撃に備える護身術である。技の特色は、殺したり傷つけたりすることを目的とせず、相手の手首・腕の関節などの弱点を利用し倒したり、投げたり、押えることにある。練習は約束による型の反復であり、力の統一性を養うとともに精神の高揚を求めるものである。

慶應が型の練習を中心とする合氣道を習得していったのに対し、早稲田大学合氣道部は合氣道界で唯一競技化を進めた富木流合氣道をとり入れた。すなわち古流武道をスポーツ化することによって、現代教育の中に大きく生かそうと考えたのである。

「合氣道は武道である。それは、真剣の道である。故にルールを設けて試合をすれば、いざという時に役立たない」

これが慶應が育ててきた合氣道の空気であった。したがって他流派との交流は禁止、というより試合をするという考え方そのものがなかったのである。しかし、昭和五一年、商学部の清水猛教授が二代目部長に就任すると「我が合氣道部が慶應体育会の一部ならば、当然早稲田体育局の合氣道部と交流すべきである。なぜ早慶戦がないのか」と、体育会における早慶戦の意義を説き、交流がない不自然さを指摘した。当然、ＯＢには抵抗ととまどいがあった。まず部の意識改革をはじめ、ようやく初の早慶合氣道部交歓会が行われた。

試合は無理だが演武会ならどうだろう。両校学生の間で合同稽古にとどまらず、さらに一歩進めて早慶戦をやりたいという気持ちが強くなっていった。そしてついに、早慶戦でなく定期競技会、勝ち負けでなく、どちらの技がより秀れているか優劣を争うこととし、より秀れた方を優賞とした。

こうして体育会創立一〇〇年を迎えた平成四年、待望の早慶合氣道定期競技会と称する早慶戦が行われることになったのである。閉会式で早稲田大学の部長から、優賞カップを受けとった慶應のキャプテンは、「早稲田に優った」という思いより「やっとここまできた」「ついに第一回早慶戦を迎えることができた」という喜びの方が大きかったという。

数ある早慶戦の中でも、全塾生と塾員、時には全国の注目を集めるのが、春と秋、神宮球場を舞台にくりひろげられる野球の早慶戦だ。明治三六年以来続いてきた伝統の一戦、応援のいきすぎから明治三九年から大正一四年まで一九年に及ぶ中断があったり、昭和一八年一〇月には、戦場に赴く両校学生のため「学徒出陣を送る最後の早慶戦」が行われたり、昭和三五年には両校が天皇杯を賭けて六日間にわたる壮烈な六連戦の死闘を演じるなど、思い出になる名勝負、名場面は限りない。

野球の早慶戦は単なる試合だけではない。両校応援団のリーダー、ブラスバンド、チアリーダーによる華やかな応援合戦も塾生生活に彩りを与えてくれる。勝って飲む一杯のビール、負けた悔しさを発散させる「若き血」の高唱も早慶戦の一部である。

良きライバルを持つことは幸せだ。

遊び

学生時代、MGCはやるまいと心に決めた。Mは麻雀、Gはゴルフ、Cはカーである。この三つは、やりだすとおもしろくてやめられなくなると聞いたからである。

一時将棋に凝ったことがあった。将棋の入門書を買って、やれ棒銀だ、中飛車だ、ヤグラだ、ミノ囲いだと、あらゆる戦法をためし、それだけでは足りずに、将棋の歴史、主要棋士の経歴、主要棋戦の主催社など、将棋に関するあらゆる知識をつめこんでいった。といって決して将棋が強くなったわけではない。いわゆる凝り性なのである。

この分で、もし麻雀、ゴルフ、車に興味を持ったら、それこそそれに熱中するであろう。関連ある内外の本、雑誌を買いこんで勉強の暇などなくなるに違いない。こうしてMGCとは無縁の存在であろうとしたのである。

アメリカの地方都市の大学で一年間客員教授として過すことになり、不便さのあまり車の免許だけはとり、MGCのCだけはくずれたが幸いカーキチにはならず、帰国後もごく近所を乗るだけで、車を買って五年になるのにまだ六〇〇〇キロも走っていない。

酒も飲まず、煙草も吸わず、ただ草野球一筋なのだが、そうした私に「遊び」を教えてくれるのは学生達である。特にゼミナールの合宿の最後の晩のコンパ大会はすさまじい。すっかり学生の間に定着した一気飲みも、彼らの手にかかると芸になる。「ドレミファ一気」などのアイディアを考えつく。ドレミファソラシドの順に、学生達がなみなみとビールをついだコップを手に一列に並ぶ。そして「ドレミの歌」にあわせて、自分の音がきた時コップのビールを一気にあおるのである。「ドミミ、ミソソ……」となると、「ミ」の受けもちは三回連続一気飲みをやってのける。

「ミイラ・ゲーム」を教えてくれたのも学生である。何人かの男子学生が立っている。そこに女子学生がトイレットペーパーを全身に巻いていくのである。いかに早く途中でちぎれないように頭の上から足の先まで巻くかによって勝負を決める。早く巻くには立っている男子学生が右にまわり、女子学生が左にまわりながら巻いていくのがコツだが、これもあまり張り切り過ぎると男子学生が途中で目をまわす。

プロ野球選手の形態模写——巨人の王監督が現役時代、ハンク・アーロンの世界記録を破る七五六号のホームランを打った瞬間、江川がサヨナラホームランを打たれ首をかしげながらマウンドを降りる姿――、自動車教習所教官の生徒への対応――男性だときつく、若い女性だとバカにやさしくなり、路上教習の途中お茶に誘うなど、真実とフィクションを織りまぜて真に迫る――時には男性と女性の一組を椅子に座らせ緊急記者会見と称し質問攻めにする突撃レポーターごっこ等々、私にとって「現代の遊び」の先生は、日頃教室で接している学生なのである。

（1987）

横浜ツアー

「今年も恒例の横浜ツアーをおこないます。外交史の勉強とともにおいしい中華料理と横浜ベイスターズのゲームを楽しみましょう」

期末試験が終り、夏休みに入る直前、こんな知らせがゼミナールの学生に配られる。慶應の法学部政治学科で、幕末から現在に至る日本の対外関係、日本外交史を講義するようになって三〇年以上になるが、ここ数年、「横浜ツアー」と称して、一日、横浜を舞台にゼミの学生と過すことにしている。

午前一〇時、JR関内駅改札口集合。徒歩で七、八分の横浜開港資料館へ赴く。ここには、一八五三年、アメリカのペリー提督が黒船を率いて日本を訪れ、二〇〇年以上にわたる鎖国をおこなっていた日本を開国させたその当時の状況を含め、開港前後の横浜の有様が写真、絵、書物、模型、地図など、さまざまな資料で紹介されている。十数人の学生たちとともに、展示室をていねいに見てまわり、一八五〇年代から六〇年代にかけての横浜の有様を、あらためて学習する。毛筆で書かれた条約文を苦労して読み、チョンマゲ姿の武士たちが、〝異人〟たちと苦心して交渉した跡をたどる。

展示室を見終ると地下の図書室に行く。ここには関連の書籍をはじめ、幕末明治期に横浜で刊行されていた新聞が、製本され並べられている。閲覧者の邪魔にならないように、小声でこれらの資料がいかに貴重か、もし卒業論文を書くのなら、ここにあるような第一次資料を使って書くようにと指導する。これが刺激となって、過去何編か、ここの資料を使って卒業論文を仕上げたゼミ生がいた。「横浜におけるガス灯建設―日本とドイツの免許をめぐる紛争」「来日旅行者とようこそ外交―貴賓会を中心に」などがそれである。

開港資料館で一時間半を費やしたわれわれは中華街へ向う。土曜・日曜ともなれば各中華料理店は一杯だ。中には列をつくって順番を待っているところもある。われわれは、費用の節約もあって、中華まんじゅう、ちまきなどを買いこみ、山下公園へと向う。港に浮かぶ内外の船を見ながら、大型中華まんじゅうなどを、缶のウーロン茶でおいしく味わうのだ。中には持ち帰り用の杏仁豆腐のビニール入りセットを買ってきて、デザートとして楽しんでいる者もいる。

食事が終ると、横浜スタジアムへと足を向ける。

「横浜は日本野球発祥の地だよ。かつて旧制一高の野球部が初めて外国人相手に勝ったのもこの横浜だったんだ。日本初めてのナイターがおこなわれたのも、この横浜。当時、占領軍に接収されていて、ゲーリック球場と呼ばれていた今の横浜球場の前身でおこなわれたんだ」

といった説明をし、横浜スタジアムへと入る。慶應野球部OBで、現在横浜ベイスターズのヘッドコーチをしている山下大輔さんにあらかじめ頼んでおいて、選手・役員入口から入り、球場の中、人工芝の上で山下コーチ、そしてベイスターズのマスコット・ホッシー君と一緒に記念写真を撮る。学生は普段入れない野球場の内にまで入れたので、人工芝にさわったり、ベンチをなぜてみたり大はしゃぎ。そして、われわれは入場券を買ってレフト側外野席へと入る。ここはベイスターズ応援団がたむろしている所だ。

「かっとばせ、鈴木」

「ホームラン、ホームラン、駒田」

今日は、巨人ファンも、中日ファンも、パ・リーグのファンも一日にわか横浜ファンとなって、応援団とともにメガホンを手に大いに叫ぶ。

ベイスターズ一点リードのまま、九回を迎える。

「ピッチャー・佐々木」

場内アナウンスとともに〝ハマの大魔神〟こと佐々木が登場してくる。もう勝ちパターンだ。レノト側を中心に、横浜ファンの大喚声があがる。期待に応えて佐々木は、三人を軽く凡退させ悠々と引きあげる。レフト側スタンドにメガホンが揺れ、大漁旗が大きく振られる。われわれ一日横浜ファンも応援の甲斐あったと大喜び。

興奮さめやらぬわれわれは、デーゲームが終ってまだ日が高いので、馬車道へと向う。ここには、明治・大正時代からある由緒ある喫茶店も並んでいる。ゆっくりコーヒーを飲み、開港資料館、中華街、山下公園、横浜スタジアムの長かった一日を思い、ゆっくりくつろぐのだ。

こうしてわれわれの横浜ツアーは終りを告げる。資料館、球場外野席の入場料、昼食代で約五〇〇〇円、これで一日楽しめるのだから安いものだ。

「外人墓地、港の見える丘公園、人形の家など見残したところがたくさんありますね。また計画しましょう」

プロ野球を生で見るのは初めてという女子学生も、山下公園などには縁のなかった体育会系男子学生も、大いに楽しんだ一日となった。

（1998・7）

偏差値

神宮球場を舞台に慶應対東大の一戦が行われた。試合開始前、慶應学生応援団席を埋めた数少ない塾生に対し、慶應指導部の主将は呼びかけた。

「今日の相手は東大である。東大に負けていいのは偏差値だけである。野球でメチャクチャにやっつけて、彼らの鼻をへし折ってやろう」

思えば、偏差値という言葉が聞かれ始めてずいぶんになる。偏差値とは国語辞典によると「知能や学力の検査で、その人の得点が全体の中でどの程度の水準にあるかを示す数値、一般に次の式で与えられるT得点と称されるものが広く用いられている。平均は五〇」

$$T=\frac{10\times\{(\text{個人の得点})-M(\text{平均})\}}{SD(\text{標準偏差})}+50$$

かつて慶應の法学部政治学科の偏差値は低かった。昭和五四年、政治学科の偏差値は、六一・四、法律学科は六二・六、早稲田の政経の政治の七一・一にははるかに及ばず、中央の法学部の政治の六三・二、明治の政経の政治の六一・八、同志社の法学部の政治の六四・〇をも下まわる有様であった。

これには原因があった。慶應の法学部が入試科目に数学を必修としていたからである。数学を必修とすると数学を必要とする経済学部、あるいは理科系のすべり止めにされ、数学・社会のどちらか一科目選んでもいい早稲田の政経、あるいは数学を課さない中央・明治・同志社・学習院などの法学部に水をあけられる結果となっていたのである。したがって入試科目を変更した途端、女子を含む受験生が急増し、それに伴い偏差値は急激に上昇した。

法学部が入試科目から数学をはずし、さらにマークシート法による出題の限界から、国語もやめて論述力に切り換えたのは、昭和五六年のことであった。この年、政治学科の偏差値は六六・五にはね上り、早稲田政経の六九・四には及ばなかったものの、中央の六二・四、明治の六一・三、同志社の六四・五を上回ったのである。

政治学科のピークは平成三年にきた。なんと偏差値は七六・六まではね上り、法律学科の七四・六を上回ったのみならず、早稲田政経の七四・六をも引離し、私立大学の法律政治系列のトップに立ったのである。この偏差値の上昇は入試科目だけが原因ではない。政治学科が国際関係・地域研究などを充実させ、時代の要請に応えたことである。特に専攻分野を政治思想、政治・社会理論、日本政治、地域研究、国際政治の五つの分野に分け学生にとってきわめて魅力ある講座を設置した。地域研究では中国・朝鮮半島、東南アジア、ヨーロッパ、アメリカ、ラテン・アメリカ、アフリカ、ロシア、中近東、オーストラリアとほとんど〝世界分割〟を果した。ゼミも充実してきた。平成一一年現在、政治学科には二七のゼミナールが開講され、各々数名から二十数名のゼミ員を一人の教授、助教授が三年、四年と二年間にわたって密接な指導を行っている。

女子学生の文学部離れも政治学科の躍進に一役買った。それまで文学部と政治学科の両方に合格すれば、九〇パーセントは文学部に行っていた女子学生が「政治の方が面白そうだ」、「政治学科を出た方が就職に直結する」と八〇パーセントが政治学科を選ぶようになったのである。女子学生は、かつてのように大学を結婚のためのレッテルとは考えず、目的意識を持って受験し、入学試験の成績も良いため、偏差値を押上げる役割を果す。

さらに入試の窓口を多様化し、一般入試の募集人数を減らしたことも、偏差値の上昇に役立った。現在法学部政治学科は、五つの窓口が設けられている。第一は、付属高校からの進学である。慶應高校、慶應志木高、慶應女子高、湘南藤沢高等部、ニューヨーク学院である。第二は海外帰国子女、第三がA方式すなわちセンター試験を受験し、その点数で応募し、面接で合格するというやり方だ。そして第四がB方式いわゆる一般入試である。かつては六〇〇名もとっていた一般入試の人数が、他の窓口からの入学者により二五〇に減ったその結果、競争率が激甚となり、当然偏差値は上昇した。

偏差値が上昇すると、これまで経済学部、法律学科などに行っていた付属高校の学生達が第一志望で政治学科に入ってくるようになる。かつて教養科目で他学部の政治学を教えていた時、一人の学生が度々質問に来た。

「先生、政治学って面白いですね。ぼくは慶應高校の出身です。本当は政治学科に行きたかったんですが、世間の評価があまりにも低いですから」といった。世間の評価とはすなわち偏差値である。

偏差値信仰は憂うべき傾向ではあるが、上昇して悪いことはない。素質のある学生が、多数入学してきた結果、法律学科では司法試験の合格者が大幅に伸び、政治学科の出身者も国家公務員試験、外交官試験などに続々と挑戦し、合格するようになった。「アホウ学部オセイジ学科」などとはもう呼ばせない。

応援団

応援団というと何を想像するであろうか。高い襟、ダブダブのラッパズボンに象徴される学ランを着て、髪を短めに刈り「オッス、オッス」のかけ声をかけながら外股で歩く暴力団風の男たちであろうか。

夏の風物詩ともなった甲子園の高校野球でも、汗と泥にまみれながら白球を追いかける高校球児の姿と共に、スタンドで腕を振り、声をからして応援のリードをする応援部員の姿が、テレビにも大きく映し出される。この夏は雨が多く冷夏で、太陽がギラギラ輝くことは少なかったが、日が照ろうが、雨が降ろうが、応援部員は学生服を脱ぐことはない。

だが、大学、特に東京六大学では、かつての応援団、応援部のムードは変りつつある。硬派一点張りでは入部希望者も減り、一般学生もついてこないことを知り始めたからである。

現在東京六大学では、応援部は「カットバセー」に象徴されるリーダーとブラスバンド、チアリーダーの三部から構成されるのが普通である。昭和二〇年代から三〇年代、巨人の長嶋監督が学生だった頃、東京六大学野球はプロ野球よりも人気があった。後にプロ入りしてすぐ新人王を争うような藤田（慶應―巨人）、森（早稲田―中日）、長嶋（立教―巨人）、近藤和（明治―大洋）、長池（法政―阪急）などスタープレーヤーが神宮を舞台に活躍し、伝統の早慶戦はもちろん、慶明、早立など神宮に多くのファンがつめかけた。当時は応援部は神宮球場にやってくる学生たちの応援を指導すればよかった。だが現在は、甲子園を沸かせた高校球児が東京六大学に進学、神宮の星となることも少なくなり、高校野球とプロ野球の狭間にあって、六大学は観客動員をする吸引力を失ってしまった。

したがって各校の応援部員は、いかにして一般学生に神宮球場へ来てもらうかを考える。慶明戦の前になると、慶應の応援部員の書いたタテ看板が校内に立つ。

「慶明戦の応援に神宮へ行こう。野球は慶應、チョコレートは明治」

そして神宮球場への行き方が地図と共に貼ってある。

神宮に来た学生たちを楽しませるのも、応援部員の役目だ。

一九九一年、東大野球部が創部以来二〇〇勝を挙げて話題になった。その翌週、東大対慶應の一戦が行われた。慶應の応援部員が、立って応援する学生に向って、叫んだ。

「先週、東大は立教に勝って待望の二〇〇勝を挙げた。だがノーベル賞作家川端康成は、何という

応援団

たか知っているか。連敗の長いトンネルを抜けると、そこは再びトンネルだったといった。東大の新たな連敗記録に協力してやろう」

名作『雪国』の冒頭の文章を使う知的ユーモアである。その東大生も年一回日比谷公会堂で行われる六大学応援団連盟のパフォーマンス「六旗の下に」では最高のユーモアを発揮する。

「皆様、ここにそびえ立っております東京大学ライトブルーの大応援旗をご覧下さい。大蔵省のご厚意により皆様の税金はかくも有効に使われております。では、東京大学第一応援歌〝ただひとつ〟を皆様および宮沢喜一先輩に捧げたいと思います。『ただひとつ、やらなきゃよかったPKO』」

次に、立教の司会者がマイクの前に進み出る。

「これからお贈りする、わが立教大学の応援歌“St. Paul will Shine Tonight”は、全国大学多しといえども唯一英語で歌われます応援歌であります。

したがいまして、われわれの先輩長嶋茂雄監督の会話にも英語が登場するというわけでございます」

会場を埋めた観客から、どっと笑い声が起こる。六大学の学生のみならず、女子高生の姿も多く見られる。司会者のユーモアあふれる紹介のあと、リーダーが出てきて、応援歌のリード、三、三、七拍子の「勝利の拍手」の披露などが行われる。意気揚揚と引き上げるリーダーに向って、ステージにかけ寄り、花束を渡す女子学生の姿も見られる。

だが、神宮球場、日比谷公会堂などでパフォーマンスをやるには、普段から鍛えておく必要がある。リーダーは毎日のようにグラウンド、あるいは屋上で大きな声を出し、腕を振り、ランニングで基礎体力を作る。合宿では二〇キロのハーフマラソンまでやっている。そこまでしないと長い試合、三日連続の応援などできないのだ。

華やかな姿の陰には、日頃の努力の積み重ねがある。


（1993・10）

慶應ガールの時代

かつて慶應ボーイ、早稲田マンという言葉があった。大学生でいながら角帽でなくフライパンといわれた浅い丸帽をかぶり、どことなく都会的でスマートな慶大生、これに対し座布団帽といわれた角のはった角帽をかぶり在野精神に富んだ武骨な早大生の姿がこの言葉から連想できた。

だが時代は変ってきた。早稲田にも慶應にも多数の女子学生が入学、毎年三月になると新聞、週刊誌で報道されるように、成績優秀者、総代がほとんど女子学生に占められる。

従来から女子学生は真面目に授業に出て、ノートをとり、コツコツ勉強するから期末試験には強い、したがって成績の評価も良く、その積み重ねが四年間行われた結果表彰学生になるのだといわれてきた。成績は良いがもうひとつ独創性に乏しい、創造性がないのが彼女達の欠点だともいわれてきた。ところが女子学生がアイディアでも、積極的な発言でも男性を凌駕しはじめたのである。私のゼミナールに例をとろう。

私の専攻は日本外交史、すなわち幕末から現在までの日本の対外関係を扱っているのだが、毎年法学部政治学科の三年生からゼミ員を募集し四年の卒業まで二年間にわたってみっちりと勉強を仕込む。合宿をやったり他大学との合同セミナーを開いたり、最後に卒業論文の提出をもってしめくくる。そのゼミナール、通称池井ゼミに今年は男女合計三一人が応募してきた。内一四人が女子学生。レポート「日本外交史に関連ある事項を一つ選び論じなさい。時代は幕末から現在まで、事項は広く解釈し戦争・条約・国交などにとらわれる必要はない、独創性あるユニークなものを歓迎する」とただし書きをつけて提出を待った。

提出されたレポートを見て驚いたのは、ユニークなものがほとんど女子学生の手に成るものであったことだった。

例えば「六〇年前の雛祭り」と題するレポートは、今からちょうど六〇年前の昭和二年、アメリカと日本の間で人形を交流しようとの計画が実現にうつされ、両国間の親善に役立ったことを分析したものである。発案者は誰で、実際どのように実行され、その後の日米間に戦争がはじまると人形達はどうなったのか、人形交流の意義はどこにあるのか、関係者の回想録、当時の新聞などを丹念に追って作成したものである。

また「意見広告に見る貿易摩擦—新しい外交の可能性を探る」は、日米摩擦の象徴ともいえる自動車をめぐる争いに焦点をあて、『ニューヨーク・タイムス』と、『ロサンゼルス・タイムス』が載せた全米自動車労組（UAW）と、これに反論する意味での日本自動車工業会の広告、そしてホンダの広告を比較・検討したものである。他国とのコミュニケーション活動の有無が不要な摩擦を防ぐという観点から、意見広告をとりあげて分析したこの視点は素晴しい。

「地方自治体の国際交流」は、東京の文京区とドイツのカイザースラウテルン市の場合をとりあげ、姉妹都市提携がどのような意味をもつのか、特に文京区とこのドイツの都市がどのようにして結ばれるにいたったかを、文京区の報告書・カイザースラウテルン市のパンフレットなどを利用してキメ細かく描いたのである。

レポートは良くても発言、特に討論となるとあまり強くないのが従来の女子学生であった。ところが「一九六〇年代再考」をテーマに行った集団討論でも、女性達は男性に一歩もひかず、いやむしろ男性陣を圧倒する勢いで積極的な発言を行っていた。といって髪ふりみだしてヒステリックに叫ぶというかつての女闘士型ではない。集団討論と面接を受けるのにふさわしい適当なオシャレをし、自分の考えるところを臆さずに述べていくのである。

したがってレポート、集団討論、さらに面接を総合しても女子学生が断然優位を占める。従来ゼミの規模一六人が適当だとこの二、三年、男子一〇女子六の割合で選考してきたが、今年は総合判定の結果女子の数を例年より多くしなければならなくなった。

ゼミを卒業していった女子学生は、結婚して家庭に入った者もいるが、銀行の国際資金為替部でマーケティング・ディーラーとしてドル買い・円売りなどの第一線でバリバリ働いているのもいるし、東京の大きなホテルに就職、ソーシャル・マネージャーとして、外国人を含むお客様のあらゆる相談に乗ったり、外資系の会社に入社、幹部候補生として期待され、三ヵ月のカリフォルニアでの研修を終えて大阪営業所に勤務、月に二、三度は出張するという男性顔負けのバイタリティで活躍しているのもいる。

慶應ボーイの時代が去って、慶應ガールの時代が来たのかもしれない。

（1987・7）

女子高生

依頼を断わりきれなくて、女子の高校の社会科の講師を引受けた。高校生、特に女子生徒に教えるのは初めての体験である。この女子高は、大学の付属でいわゆる偏差値ではトップクラス、高校受験の塾などによれば難関校中の超難関校である。

だが、初めての講義の日、教室に入って驚いた。脱ぎすてたジャージーが椅子の背もたれにひっかかっている。コンビニの袋が窓際に雑然とおいてある。前の英語の時間に、黒板一杯に書かれた英作文が、全く消してない。とにかく勉強をする教室という雰囲気ではないのである。教室の雰囲気がこうだから、それは生徒の態度にも反映する。

「これから一学期間、一緒に勉強しましょう」と呼びかけても、ザワザワし、教壇に神経が集中してこない。虚しい思いをしながら前の時間のビッシリ書かれた黒板の文字を消し、向き直って今後の

授業のやり方、すなわちテキストの各一章ずつを二人ずつの報告者を決めて毎時間報告させ、それについて質疑応答、そして講義をする、と説明を始めると、ようやく静かになった。

翌週から報告をさせたが、さすがに頭の良い生徒が多いだけに、まとめ方はうまい。時折質問をしても的確な答えが返ってくる。成績をあげること、それが大学の第一希望の学部にいけることと直結するため、評価されることに関してはきわめて神経質なのだ。

休み時間に専任の先生に聞いてみた。

「どこの教室もあんな状況ですか」

「カルチャーショックを受けられましたか。ウチは女の子らしくしなさいという教育はしていないものですから」

また別の先生はいう。「あの子達には、教室がパブリックの場だという意識がないんです。自分の寝室と同じような考えなんでしょうね」

男女、小学生・中学生・高校生に関係なく自分の学ぶ教室を整理整頓することは、常識の問題だと思うが、どうも先生方にもそういう意識がないか、注意することをあきらめてしまっているらしい。

援助交際、麻薬などには全く無縁の超一流女子高でさえこの有様である。知育偏重、徳育軽視の典型が、ここに表れている。毎週苦痛を感じながら教室に出ていくが、女子高で教鞭をとったのは別の意味でいい経験になっている。


（1997・11・3）

死—教え子に先立たれる悲しさ

「鈴鹿の小林でございますが、先生の所に息子から連絡がいっているでしょうか」

ゼミナール所属の学生の父親から電話が入った。

「六月に絵はがきをもらって以来、その後連絡はありませんが……」

「あの筆まめな子がこのところ三カ月程、手紙をよこさないんです。何かあったのではないでしょうか」

いかにも不安そうな父親の声であった。

小林君は慶應の法学部政治学科で私の担当している日本外交史のゼミに入ってきた積極的な学生だった。ある新聞社主催の懸賞論文「アジアの平和」に入選したのをきっかけに自分の目で海外を見、自分の足で海外を歩きたいと思いたち、大学に一年間の休学届を出して出発したのだった。

ヨーロッパからアメリカを経てブラジルに入り、アマゾン川上流のマナオスに着いた所で足どりが途絶えた。心配した父親はマナオスの日本領事館及びアマゾン川河口の小林君が立ち寄ったとみられるベレーンの日本総領事館に調査を依頼したが、マナオス上陸は確認されたが、その後の足どりは不明であるとの返事がきた。

兄が外務省を訪れ調査方を依頼したが、「世界のどの土地からも日本人の事故があれば、すぐ連絡の入る仕組みになっています。弟さんについては何の情報もありません。旅行を無事続けておられるのでしょう」と、とりつく島もなかった。外務省としては海外旅行に出た学生が三カ月や四カ月便りがないからといって、騒ぐ方がおかしいといわんばかりであったのだ。

だが音信不通のまま半年が過ぎた頃から、われわれもただごとではない、と考えはじめた。法学部長名の調査依頼書を持参して、邦人保護の所管である領事移住部長のところへ正式にお願いに上った。ようやく外務省も動き出した。本省からの公電により、ベレーンとマナオスの在外公館も真剣に行方を捜し始めた。

だが、私もすでに社会に巣立っていったゼミの同期生たちも、最悪の場合など想像だにしなかった。

やがてマナオスの領事館から連絡が入った。小林君の消息が途絶えたと思われる頃、マナオスから一〇キロ離れた川の中に、頭部にピストルを二発撃ち込まれた死体があり、身元不明のまま仮埋葬されたというのである。早速、かかりつけの歯医者からカルテを借り出し、現地に送って、遺体の歯形と合わせたところ一致、われわれは予想もしなかった彼の死を確認したのだった。

犯人の目星はつかず、現地を訪れた父親が遺骨の一部を日本に持ち帰るのが精いっぱいだった。

やがて、日伯文化協会マナオス支部長、日本外務省マナオス領事館領事などの協力のもとに、マナオス市中央墓地に墓がたてられた。墓には父親の書いた文字が刻みこまれている。

　小林良章は津高校を経て慶應義塾大学に学ぶ、研修のため欧米各国を歴訪中、ブラジルの北辺マナオス市において不慮の死を遂げ、青雲の志を断つ

墓参をしたいがブラジルはあまりに遠い。幸いゼミOBの一人が、外交官としてブラジルの日本大使館に赴任することになり、マナオスを訪れ墓前に花束を捧げ、写真を撮ってくれるよう依頼した。墓地は地元の日系人の手できれいに手入れされ、アマゾン川を見下ろす景勝の地に小林君は安らぎの場を得ている、との便りがあった。

写真と手紙を転送すると、小林君の父親から息子の思い出をつづった分厚い封書が届いた。手紙の最後はこう結ばれていた。

「もっといろいろ書きたいのですが、涙で便せんが見えなくなりました。今日はこれで失礼します

……」

今日、円高、ドル安、交通機関の異常な発達により、学生の海外旅行は東京から北海道・沖縄にいくより簡単になった。だが海外旅行には生命の危険さえ伴うことを私はこの事件で痛感したのだった。

その後、ゼミの教え子三人を失った。一人は卒業後建築会社に勤務、住宅産業ブームに乗って毎日忙しい仕事をこなしていた。ある日新しく建てる家の相談をするため、お得意さんの自宅を車で訪ねた。相談をすませ、道路に出た所で横合いからトラックにぶつけられ、反対車線へ押し出され、走ってきた大型トラックと正面衝突。一瞬の出来事であった。

もう一人はすい臓ガンによって入院後二カ月で三〇歳の生涯を終えた。さらにもう一人は、小脳の機能が低下する奇病に冒され、闘病生活一五年の末、天国へ旅立った。

慶應の三田キャンパスの一隅に「平和来」と題したブロンズ像が立っている。戦没学生を偲ぶ若人の像の下に小泉信三元塾長は次のように書き記した。

「丘の上の平和なる日々に征きて還らぬ人々を想う」

海外旅行、交通事故、ガンが戦争に代わって、合宿を重ねたり、卒業論文のテーマをめぐって議論したゼミ生の命を奪っていった。ゼミの古いアルバムのページを繰る度に心が痛む。

(1989・3・10)

レポート

掲示板の前に学生が集まって、ワイワイいっている。

「こんなにそっくりじゃ、バレるの無理ないよ」

「レポートなんて見ないかと思ったら、意外に見てるんだな」

私は、掲示板に次のような張り紙をしたのだ。

「提出された政治学のレポートを採点したところ、内容が全く同一、あるいはきわめて似た多くの〝灰色レポート〟〝盗作レポート〟を発見した。他人のレポートを写した者、写させた者は三日以内に返信用封筒を添え、郵便で池井宛申し出ること。

なお、申し出のない場合は、氏名を公表し、当該課目を不採点とする　池井優」

夏休みの宿題として前期に行った授業をふまえ、何冊かの本を指定し、授業と関連させて読書感想文を書かせて提出するよう指示した。一年生向けの政治学の授業を担当して、こちらも張りきっていたのだ。

このクラスは経済学部、商学部、文学部、理工学部などの混成部隊。文科系学生も理系の学生もいるので、政治学の基本書、あるいは日本政治に関する本を選んだ。

提出されたレポートを積み上げて読みはじめた。すると、中にこう書いてあるのがあった。

「先生は授業の時にはこの点におふれにならなかったが、今回指定された本を読むと、もうひとつの見方があるような気がする……」

名前を見ると、野球部でクリーンアップを打っている選手である。「エライ、この男は野球部で活躍する傍ら授業に出席、しかも講義をそのまま鵜呑みにせず批判的に聞いている」。そう判断した私は、そのレポートにA^{+}をつけた。

だが、何通か見ていくうちに、同じ表現のものが出てきた。前のレポートに若干の誤字があったのに対し、あとから出てきたものは、字もきれい、誤字もない。こうなると、後から出てきたできる学生のレポートを、野球部員が写したのは明白だ。気をひきしめて、さらに採点を続けていくと、一人の女性のレポートにそっくりな男性のレポートが三通出てきたり、約二七〇通のレポートのうち、明らかに怪しいと思われるのが一七通出てきた。

このまま放っておいたのでは、彼らのためにならない。彼らは、レポートを出しておけば、試験に失敗してもなんとかしてくれるだろう。どうせ教師は履修している二〇〇人以上のレポートを読むはずがない、友達のを写しても、何でもかまわないから出しておこうか、と考えているに違いない。そうした考えが学生達の間に蔓延したら、問題である。

こう考えた私は、わざわざ動かぬ証拠をコピーにとり、警告文と共に掲示したのである。

翌日から、研究室宛に、次々と手紙がきた。

「この度は、大変申し訳ないことをしてしまいました。練習と試合に時間をとられ、ついクラスメートのレポートを写して提出しました。反省します」と書いてきたのは野球部の選手、「参考にするから見せてくれといわれたので貸したところ、全部写してしまうなんて夢にも思いませんでした。先生、どうしたらいいのでしょうか……」と、便せんから涙がこぼれてきそうな文章を書いてきたのは、文学部の女子学生。

「この度、わが息子が大変恥ずかしいことを致しました。名誉ある慶應義塾の恥です。父親としても、深くおわびを申し上げます」と父親の添え書きがしてある理工学部の学生。

多くて一七〜一八通だと考えていたこちらの予想をはるかに上回る四二人が「レポートを写しました」、「頼む、貸してくれといわれて提出前に貸した結果がこうなりました」等々、申告してきた。そこで、私は、次のような手紙を書き、コピーをとって学生に送った。

「前略、学生諸君の間にあまりに安易な考え方が広がっていることに、注意を喚起する意味で警告した次第です。レポートの再提出をもって、今回のことは不問に付します」

一週間の期限が過ぎ、新しいレポートが次々と送られてきた。

だが、こちらも反省した。他人のレポートを写して出せるようなテーマにも問題があったのではないか——。

だから、次からやり方を変えた。課題は「日本の未来像——××を中心として」とした。××は自分の一番得意なところを選ばせ、出す意欲のある者のみに限定するため強制でなく任意制とした。
予想した通り、新しい方法をとってから、〝灰色レポート〟は姿を消した。

（1993・3）

クン、さん、呼び捨て

外国で暮らして現地の生活に相当慣れたつもりでいても、どうしてもなじめないのが名前の呼び方である。

学生同士はもちろん、教授仲間でもファースト・ネームで呼び合う。若い助教授が六〇歳を過ぎた大教授に向かって平気で「ジム」「チャーリー」「アレン」などと呼びかける。

日本であれば、助教授なら大教授に対しては「先生」、二、三年先輩の若手教授なら「さん」、同輩の助教授か、助手なら「君」と呼ぶのが普通である。

ミシガン大学で一年を過ごした際、困ったのはアメリカ人の教授をどう呼ぼうかであった。向こうは平気で「マサル」という。だが、こちらは五〇代、六〇代の教授に向かって「アル」とか「アレ

ン」とはどうしても言えず、プロフェッサー××、プロフェッサー△△とプロフェッサーを冠して呼ぶことにした。

だが呼ばれる相手はどうも他人行儀に思うらしい。考えて見ると、日本では親しい人を含めてファースト・ネームで呼び合う習慣がない。若い女の子同士なら「ミズコ」「ナオミ」「フタバ」と親しげに声をかけ合うが、男性となると「鈴木」「栗田」「横山」など、姓であり、運動部などは下を略して「スズ」「クリ」「ヨコ」……とする場合もあるが、「ケンジ」「マモル」「タダオ」などのいい方は滅多にしない。

江戸時代に苗字が許されたのは武士階級だけであり、百姓、町人は「茂十」「太助」「清右衛門」など名のみでその上に住んでいる地名を付けたり、屋号を付けたりして、新田の茂十、越前屋清右衛門と称していたに過ぎない。したがって町人階級にとって最大の名誉は苗字帯刀を許されることであり、士農工商の身分制度が厳然としていた時代にあって、士族扱いされる証拠であった。

明治維新を機会に、士族以外も皆苗字を名乗るようになった日本では、皆苗字で呼び合うようになった。以来、小学校から一般社会にいたるまで姓の方が使われるようになり、それに職場での身分、社長、常務、部長、課長、主任などが付いて呼ばれるにいたった。

したがって大統領でも大学学長でも公式の場を除いて「ロニー」「ジミー」「マイク」などと呼び合う欧米社会に、日本人が飛び込んでなじめないのは当然である。

インディアナ州のアーレン・カレッジという全学生数一五〇〇の小さな大学を訪れた際、日本研究のジャクソン・ベイリー教授は「この大学では学生が学長を含め全教授をファースト・ネームで呼んでいいことになっています」とご自慢であった。校庭で行き交う学生はベイリー教授に「ハロー、ジャック」、「グットアフタヌーン、ジャック」と親しげに挨拶していった。

「先生と呼ばれるほどの馬鹿でなし」

と古川柳にありながら、普段「先生」と学生たちに呼ばれることに慣れているわれわれにとっては、ほほえましいより、いささか抵抗を感じる光景であった。

だが、帰国して高校一年生の娘、あるいはゼミナールの大学生の会話を聞いていると、彼ら仲間内では先生を付けないのが当たり前らしい。

「来週山田の中国語の試験があってさ」

「堀江の政治学のレポートを出さなけりゃ」といった調子である。

女の子が男の子を「××クン」(君ではなくクンなのだそうだ)と呼び、男の子が女の子をファースト・ネームで呼ぶようになりつつある今日、あと一〇年もすると敬称の付け方も大きく変わってくるかも知れない。


(1982・10・11)

学帽

昭和三〇年三月のある日、三田にある慶應のキャンパスの掲示板に人だかりがしていた。恒例の入学試験の合格発表である。

現在ではコンピュータで処理するため、入学試験の合格発表も味気ない機械が打ち出した数字が並んでいるが、当時はまだ手書き、おそらく教務の職員が一字一字細心の注意を払って書いたであろうと思われる数字が並んでいた。
3、7、9、15、17……など一般の人々には全く意味のない数字ながら、受験生にとっては一生の運命が決まるかも知れない受験番号。この数字の中に「自分の番号」を発見し、もう一度確認すると、キャンパスを出、公衆電話から自宅に電話をかけた。

「あったよ、法学部だ」

高校時代、数学が大の苦手で一橋、慶應の経済、法学部と軒並みに落され、浪人生活を余儀なくされた私にとって、この合格発表は特にうれしいというほどのものではなかった。

ただ、もう浪人だけはしてもらいたくないと考えている母と、「亡くなったおじいさんは福澤先生が大好きで、諭吉の吉をとって芳吉と名前を変えたくらいなんだよ」と日頃いっていた祖母が、さぞ喜んでくれるだろうと思っただけであった。

親戚を見渡しても一橋と慶應が多く、早稲田など考えられないといった雰囲気。今日のように高校・予備校の指導によって、「君の成績では何々大学なら何々学部、〇〇大学なら××学部」といった偏差値的思考も少なかった時であり、慶應入学は当然のことだと考えられた。

「制服と制帽はどうするの」、心配そうに聞く母。

「学生服は古いのにボタンだけ付けかえればいいよ。帽子だけは新しいのを買わなくちゃ」

こうして制服こそ新調しなかったものの、制帽は三田にある帽子屋で買うことになった。

一五〇〇円と一八〇〇円の二種類があったように思う。大学といえば角帽というイメージと違って、慶應は底の浅い丸帽である。つばがあまり長いと田舎くさく、あまり短いとキザに見え、一二のヒダが均等についているもの……。先輩が帽子を購入する時の要領を教えてくれた。

当時新聞代一カ月三三〇円、風呂代一五円、映画一〇〇円、大学新卒の初任給が平均一万二九〇七円の時代であったから、一八〇〇円の帽子はそれなりにかなりの出費であった。

しかし真新しいペンのマークをつけた帽子をかぶって入学式から帰りの電車に乗ったとき、電車中の視線が自分の頭に向いているような錯覚をおぼえるほど晴れがましい帽子である。

はじめから角帽への憧れはなかったから、大学へ入って丸帽をかぶることに抵抗がなかったが、地方から来たクラスの友人は「田舎でこの帽子をかぶって煙草を吸っていたら、高校生のくせに煙草を吸うのかっておまわりにおこられたよ」とくさっている者もいたし、高校の丸帽と区別するためにフライパンで毛羽を焼いたり、ポマードをぬりたくって格好をつけようとした者もあった。

そもそも慶應には制服制帽はなかった。明治三三年に「必ず洋服着用、かつ記章付の帽子を戴くべき事」と掲示が出されたが、カンカン帽でもソフトでもよく、リボンの結び目に小さなペンのマークをつければそれでよかったのである。

丸帽に学生服の制服制帽が規定されたのは、軍事教練が課せられた昭和一五年のことであった。大学予科生がかぶっていた型を本科生にまで適用したので、大学なら角帽にしたいと塾長に直訴した学生もいたらしい。

「君らの頭は四角か丸か、丸いだろ。それなら帽子も丸くていいじゃないか」と時の塾長にいわれて引っ込んだというエピソードが残っている。

制帽は四年間の在学中、学生生活にとって切り離せないものとなった。早慶戦の応援、試験に落ちないことを願っての福澤先生のお墓参り、クラブの合宿、他大学との交流など塾生（慶應では自らの大学を塾、帽子は塾帽、校旗は塾旗、学生は塾生などと呼ぶ習慣がある）を意識する際には、欠かせないものであった。

今日、学生服は〝がくらん〟と呼ばれ、運動部、応援部学生の新しいファッションとして生き残っているが、角帽を含め大学生の制帽はキャンパスはおろか、神宮球場の六大学野球の応援席でも見られなくなってしまった。

過日、郵便局で一枚のパンフレットを見た。「学資用積立貯金のすすめ」として、小学校の黄色い通学帽、中高の丸帽、そして大学の角帽の絵が並べてあった。

しかし、「大学といえば角帽」の時代は、もう過ぎ去ったのである。

（1984）

博士

「次回の大学院委員会では学位審査も行います。定足数不足にならないよう必ず出席をお願いします」

博士論文の審査要旨とともに注意書きが入っている。専門課程のスタッフで構成される大学院委員会の席上には、一年に四、五回博士学位請求の論文が提出される。

かつて「末は博士か大臣か」という言葉があった。博士号をとる、大臣になるのは出世の象徴とされた時代のことだ。そもそも博士は律令時代の官名で、文章博士、陰陽博士などの名称であったが、学位として博士が定められたのは明治二一年（一八八八年）、学位令が公布されたのに始まる。それによって、文学・法学・医学・理学・工学の各博士号が合計二五人に授与されたのである。

かつての博士は文科系なら大著があり、堂々たる論文の書き手であった。だが戦後制度がかわり、博士は従来のように論文とその学識により与えるいわゆる論文博士と、大学院の博士課程を修了し、博士論文の審査、及び試験に合格した者に与えられる通称課程博士の二つに分れることになった。当然博士の数は増え、価値もかつてより下がってきた。これはアメリカの影響が大きい。

アメリカには“Ph.D. is a passport for the scholar.”という言葉がある。学者になるための最低条件が博士だというのだ。アメリカ人と結婚しアメリカの大学で日本語を教えていた私の卒業生の一人は、博士号をとって「やっとこれで一人前になったんだ」とホッとしたという。彼女は他人が書いた教科書、あるいは他人が選んだ教科書を使って教えるのでは十分に楽しめない。自分の日本語を教えたい。それをアメリカの大学でするには、レクチャラーやインストラクターという職ではなく、少なくとも助教授の地位がなくてはいけない。アメリカの大学は助教授になって初めて教員会議で発言権を持つことができる。そのための最低条件が博士号である。したがって彼女の当面の目標はその学位を取得することであった。

アメリカ人の大学院生は博士号をとることに全力を傾ける。中には大学院生ですでに結婚していて、ご主人が博士をとるまで奥さんが働いてご主人の勉強を支える通称Ｐｈ．Ｄ．ワイフもいるほどだ。中にはＰｈ．Ｄ．をとってどこかの助教授のポストを得ると、苦労して勉強を支えた奥さんをほうり出し、新しい彼女と結婚するなどという悲劇も出てくる。

アメリカでは博士が増えすぎ、日本研究者の間でこんなジョークが出ている程だ。

「博士号は足の裏についた米粒といっしょだ。とらなければならないが、とっても食べられない」

アメリカや日本では、博士の価値がかなり下ったが、肩書きを重んじるドイツでは、まだまだドクターの称号の持ち主は、世間から尊敬の的になる。したがって、裁判官も弁護士も博士号を授与されていれば、その旨わかるよう名刺に記すほどだ。

日本では、博士の権威がなくなるとともに、博士号を持ちながら、少子化の時代にともないなかなか大学に職を得ることのできない「オーバードクターの悲劇」さえ生れはじめた。

合宿

最近の若者は旅行が好きだ。合宿も好きだ。それにはいくつかの理由がある。

第一は、交通の手段が発達し移動するのが楽になったことだ。かつては旅行といえば汽車が主な手段だった。重い荷物を持って駅のプラットホームに集合、交通費を安くあげるため学割を使い、急行はもったいないと各駅停車の鈍行で行ったものだ。

最近は若者がアルバイトなどで稼ぎ、金銭的にゆとりが出てきたせいか、汽車も急行で可、六〇人以上になると貸し切りのバスで目的地まで直行、逆に小人数だと三、四人ずつ分乗してマイカーあるいはレンタカーを使う。そのほうが運動部系なら用具の運搬、ゼミナールなど勉強をするなら参考文献を積んでいける。大きな辞典から政府刊行物の白書、青書の類、参考図書など移動図書館といっていいような量をトランクに入れてくるのもいる。ガソリン代と有料道路代はワリカン、運転も途中で交代すれば経済的にも労力も節約できる。

若者が旅行と合宿が好きな第二の理由は、親元を離れての集団生活を楽しみたいからだ。特に大学生は、高校時代受験勉強に明け暮れ、大学に入学、これまで親から「勉強しなさい」「部活をやっているといると大学に入れないわよ」などいわれ続けてきたのが、親の束縛から逃れ、練習だ、コンパだとかレッジライフをエンジョイするこつを覚えると泊りがけの合宿が一段上の刺激になる。

さて、大学生の合宿は、新入生歓迎合宿、夏合宿、冬合宿など季節ごとのもの、運動部の強化合宿、サークル系の親睦合宿、ゼミナールの勉強合宿など目的別のものに分かれる。運動部、特に名門大学のラグビー部の合宿は、監督にOBが加わり、猛烈な練習が行われる。大学ラグビーのメッカは菅平、山中湖だ。八月下旬、部員たちが合宿所に集まってくる。

合宿の一日は、朝の六時に始る。マネジャーが各部屋を回り、笛を吹いて起床を告げる。一五分後に合宿所前に集合、早朝練習が始る。柔軟体操、ジョギング、軽いパスの練習など体をほぐすのが目的の「アサレン（朝練）」だ。

朝食後ひと休み、九時三〇分か一〇時頃から午前の練習、基礎体力と基本技術の向上を目的に繰り返しが多い。バックスは脚力とスタミナをつけるための走りこみを行い、フォワードは走りこみに加え、ラックとモールで当たりをつけるとともに突っこみの練習も繰り返す。持久力をつけるため、普通の人の散策用コースを何回も回ってタイムをとる。起伏に富んだところでやるときつい。

昼食後、二時間ほど休息をとり、午前の基礎練習に加え、連係プレーなどが行われる。この合宿も四日目を過ぎると疲労がピークに達する。体中の筋肉がパンパンに張り、階段の上り下りも手すりにつかまりながらという状態になる。食事をとろうにも体が受けつけない。

合宿も後半になると試合形式が多くなり、紅白戦、対OB戦、他大学とのオープン戦と進展する。紅白戦は同じポジションの仲間に勝つチャンスだ。秋のラグビーシーズンに向って彼らはひたすらだ円型のボールを追う。

レギュラーになれなくても、合宿で鍛えられた部員達は精神的にも大きく成長し、卒業後も仲間意識は永遠に消えない。

運動部の合宿の代表格がラグビーなら、勉強面でがんばるのがゼミ合宿だ。最近四年生の就職が七月に早まったため、合宿は九月に行われることが多い。七月の初旬、テーマを決める。三、四年合せて三〇人から四〇人のゼミ員を四班か五班に分け、各々テーマを細分化したものを担当する。夏休み中に就職が早く決った四年生の指導の下、各班がグループ別に集まり、共通の文献を読み、白書、青書に当り、時には新聞の縮刷版を追って準備を行う。

ゼミ合宿は大体三、四日程度で行われる。第一日は午後に目的地到着、各班の基調報告、ワープロできれいに打ったレジュメが全員に配布される。二日目午前は前日の報告を踏まえて班別の勉強会。指導教授が各部屋を回ったり、大学院生が来てくれて助言することもある。

二日目の午後はソフトボール大会、勉強で疲れた頭を切り替え、打ち、投げ、走る。夜は班別討論会の続き。三日目は全員が集まっての大討論会、そして最後の晩はコンパだ。三年の隠し芸に大笑い。運動部とは違った勉強を通じての連帯感が生れるのだ。合宿の効果は絶大だ。

（1993・8）

大学図書館が変った

図書館、特に大学図書館といえば、シーンと静まりかえった雰囲気の中で、学生が読書に没頭し、本のページをめくる音だけが聞こえるという情景が頭に浮ぶ。

だが、最近、大学図書館の機能や利用者が変ってきた。

まずは、図書館が本や資料を読む場からコピーする場に変ったことだ。本全体を読むのではなく、必要な部分をコピーする。あるいは気に入った本があると、館外貸し出しの手続きをして自宅、下宿に持って帰る学生が増えた。

また、それに伴い利用のマナーが悪くなった。図書館の本なのに、平気でアンダーラインを引く。蛍光ペンで黄色やピンクに塗る。付箋などをペタペタ貼って、剝がさないでそのまま返却する、などが目につく。コピー機が発達したのに、ページを切り取る悪質な行為もある。

盗難は一年に数件発生する。大きな図書館では、本に磁気テープを貼っている。無断で持ち出そうとすると、出口のブザーが作動し、係員が「ちょっと、待ちなさい」と呼び止める。表紙を剝がし、中身だけを持ち出せば大丈夫だろうと考える学生も多いが、それでもブザーは誤魔化せない。

「信じられないですよ。昔は、読みたい本の値段が高いので、買えないから、係の目を盗んで図書

館から持ち出すというケースが大部分でした。しかし、いまの若い人は、どこにでも売っている一〇〇〇円位の本を持っていこうとするんですから。館外持ち出しの手続きを踏めば、正々堂々と持ち出せるのに……」

と係員は嘆く。

原因は本に対する若者の感覚にあるのかもしれない。かつて本は丁寧に読むもの。読み終わっても書棚か、机上の本立てに並べ、いつか読み直すものとして扱った。だが近頃、本は、使い捨て、読み捨てと考え、貴重なものとして大事に扱う対象ではなくなったのである。

もう一つの変化は、飲食をしたり、周囲の迷惑を省みず、図書館内で友人と大声で話したりする光景が多く見られるようになったことだ。

ある大学では、館員が一日三回館内を巡回し、クッキー、パン、缶ジュースなどを持ち込んでいると、その場で押収して、氏名を書かせて注意する。新入生が入ってくるので、毎年同じことを繰り返している という。

図書館を集会の場所と混同しているのだ。大学祭のため、ゼミの報告のため、図書館の資料を前にして討論が必要な学生用に、グループ学習室が設けられている。だが、通称「グル学」は、一定のサークルの溜まり場になってしまう場合が多い。

不注意な学生も目につく。入館券を紛失する。学生証、定期券、サイフなどを机に置いたまま、トイレに立ったり、友人との話に夢中になる。

そうこうしている間に盗難にあう者も後を絶たない。時折、新聞に〝大学荒らし〟の犯人が逮捕されたとの記事が載るが、服装も自由、大勢の人々が出入りする大学は、コソ泥、置き引きの天国といっていい。

館外貸し出しの返却期間を守らない者も多い。ある図書館では一日の延滞に対し、一冊一〇円の罰金を徴収するが、なんとこの延滞料が一年間で合計一〇万円を超えるという。

一日につき一〇円という額が、「遅れても、払えばいいんだろう」という安易な気分を生んでいるのかもしれない。

第三の変化は、図書館側が若者の要望に応じる措置を講じはじめたことだ。

本、雑誌だけでなく、CD、ビデオ、レーザーディスクを揃え、これらを通じて語学を学ぶ者が増えてきた。

運動部の学生が、「図書館は冷暖房のきいた昼寝の場所」というイメージを改め、サッカーのペレ、ベッケンバウアー、テニスのエドベリ、マッケンローなどの力と技を目を凝らして見るために利用する姿も、よく見ることができるようになった。「大学図書館といえば堅い本」というイメージを捨て、蔵書の中に古典、全集などとは違う、「軽読書コーナー」用の本を揃え始めた大学もある。「地球の歩き方」「別冊宝島」などのムックや、「週刊読売」「サンデー毎日」「週刊朝日」などの新聞社系の週刊誌を置いている。また、新聞も朝日、毎日、読売、日経のみならず、スポーツ新聞も置く。

大相撲、プロ野球、Jリーグとイベントが花盛りとあって、スポーツ新聞は、いつ行っても誰かが熱心に読んでいる。大学図書館も変りつつある。

（1993・7）

「慶應スポーツ」奮戦記

かつて大学新聞といえば難解な表現と内容、それに伴う権威があった。「現代哲学の不毛性を問う」「大学人の在り方について」など、海外の著名な思想家・哲学者の名前が並んだり、教授、助教授が寄稿した論文が掲載されたり、権威を保っていた。やがて大学紛争の激化と共に、大学生の新聞は過激派学生に乗っ取られ、イデオロギー的な色彩が濃厚になると共に、ある大学では「この顔にピンときたらすぐ団交」のキャプションをつけ、学長、理事、学生部長などの写真を並べるという新聞本来のあり方とは異なった方向へと移っていった。

そうした行きすぎた学生新聞に対し、良識派の学生が学内のイベントを伝え、自分達の意見をも表明し、一般学生のアンケートを掲載、運動部の活躍も伝えるという新聞を発行しはじめた。大学から、紛争の火種が消え、キャンパスがレジャー化するにつれて、学生の間で「スポーツ新聞」を出そうとの気運が高まってきたのだ。

従来学校当局が、大学公認の運動部の活躍、成績、記録などを配布する類のものはあったが、学生が取材・編集し、売りさばくというスポーツ新聞はなかったのである。

慶應に「慶應スポーツ」が誕生したのは、昭和五三年のことであった。野球部の大先輩、元巨人軍監督の水原茂氏に題字をお願いしたり、同じく先輩別当薫氏に顧問を依頼したり、資金面で苦しい時は、慶應OBをまわり広告を依頼して歩いた。昭和五三年秋は、六大学野球リーグ戦で、慶應と早稲田が六年振りで勝点四で対決、早慶戦の勝者が天皇杯を手にする理想的な展開となった。

慶應は敗れたものの「慶應スポーツ―慶早戦特集号」は、多くの学生に親しまれ、タブロイド型八ページの新聞が、キャンパスの中でも、また早慶戦当日の神宮球場周辺の立ち売りでも、かなり売れた。

創刊当時は、「噴火せよ!慶大打線」(一二号)「まき起せ!慶大旋風」(一九号)など、堅い見出しが多かったが、最近は「新生慶大、春ラララ」(三一号)とか「おれたちは強いゾッ」(三〇号)などが出てきた。

「慶應スポーツ」を有名にしたのは、号外だった。平成四年秋、慶應野球部が優勝、神宮から三田のキャンパスまでちょうちん行列を行い、キャンパスに設置されたステージの上で、応援部員が指揮をとり、野球部員をまじえて応援歌を歌った。その祝勝会で配布したのである。

試合の経過について記事を書き、優勝決定の喜びを爆発させる野球部員の写真を撮ってすぐ現像し印刷した。号外をつくりあげ、試合終了後三時間半で喜びにわく学生達に無償で配ったのだ。

「目がまわるほど忙しい思いをしましたが、ごくろうさん、ありがとうといってくれる学生諸君の声を聞くと、疲れなんてふっとんじゃいますよ」と慶スポの部員たち。

「慶應スポーツ」は、通常年五回の発行。新入生歓迎号(四月)、春季秋季慶早戦特集号(五月、一

○月)、秋季リーグ戦展望号(九月)、ラグビー慶早戦特集号(一一月)だ。製作費は一号当り四〇万円から七〇万円、一部五〇円でキャンパス、神宮球場、秩父宮ラグビー場周辺で部員が販売するが、主な収入源は広告である。

スポーツ用品店、学生がコンパに使う居酒屋、自動車教習所、キャンパス付近の喫茶店、コンビニエンスストア、ラーメン屋などなどが広告主となるが、部員が一つ一つ取って回る。

だが、号外の時は広告を取る時間がない。号外の費用は約一五万円、しかも無料で配布するので、販売による利益も望めない。

「自分たちで賄おう」と慶スポOBと部員が一人当り五〇〇〇円ずつ出して名刺広告を掲載、全ての費用を捻出した。

内容は、野球、ラグビーなど特集したスポーツがその号の中心になり、監督、部員のプロフィール、戦績、試合の見どころなどの紹介の他、アメリカンフットボール、陸上競技、サッカー、ボートなど各部の活躍も伝えられる。

堅い記事ばかりではない。慶應OBの芸能人、加山雄三、紺野美沙子らへのインタビュー、各大学学食食べ歩き、ミス・キャンパス紹介など〝遊び〟の部分もある。

自腹を切り、疲労困憊しても部員たちはそれを上回る満足を新聞作りに見出しているのだ。

(1993・9)

学生相談室

学生相談室のドアがコツコツとノックされる。「どうぞ」と中から声をかけても、ノックの主は入ってこない。

「どうしたの、何か相談したいことがあるの」

今度はカウンセラーが優しく問いかける。カウンセラーは、心理学の専門家が多い。

「この学校に入ったのは間違いじゃないかと思うんです」

相談に来たのは新入生だ。かつて五月病という言葉がマスコミに登場した。苦しい受験勉強の末、やっと大学に合格したのだが、目的を達成しふと気がつくと、果してこの大学、この学部が自分に合っているのかどうか疑問に感じてくる。いわゆる不本意入学だ。不本意入学には二つある。

一つは、もっと偏差値の高い大学や学部、あるいはもっと有名な大学に行きたかったのに、志を得ずして第二志望や第三志望に合格、手続きをしたが、満足できない、というタイプだ。

第二は、たとえば「君はこんなに模擬試験の成績がいいんだから、医学部を狙ったらどうだい」と、高校の進学指導の先生や予備校から勧められて、医学部に合格したが、入ってみると「果して自分は医者になりたかったのか、医学にも基礎医学と臨床があるが、どちらがやりたいのか」と悩むタイプだ。つまり、一番偏差値が高く、難しいという理由か、出身校や自分のプライドを満足させるために受験し、合格したが、入学後に疑問を感じる場合である。

前者の場合は、もう一度第一志望の大学に再受験したい、あるいは進級する際に同じ大学の転部試験を受けたいのだが、どうしたらいいか、というのが相談の内容だ。

第二のケースは、必死に受験勉強に取り組み、偏差値を一点でもアップするため受験戦争にもまれてきたが、その束縛から離れると、意欲を失い「燃え尽き症候群」に陥り、相談に来るというパターンだ。これは〝偏差値〟や〝親の希望〟または、高校か予備校の進学指導が大きく影響し、本人の希望、意志が二の次になった結果というのが多い。

学生相談室に寄せられる新入生のもうひとつの悩みは、対人関係である。クラスメートとなかなか馴染めない。クラブに入りたいのだが、数が多過ぎてどこに入ったらいいのか分からない。地方から出てきて都会の生活に馴染めない。学内のどこで食事をしたらいいのか、誰と食べるのか決められない。授業が休講になった場合、その時間をどう過したらいいのか……。

またクラブ内での対人関係が負担になるとの相談も多い。大学入学まで、家族に腫れ物に触るようにして大事にされてきた新入生が「お前、そんな口の利き方はないだろう」といった上級生の一言に傷ついたり、大学生になったら特定のガールフレンドを持つものだという妙な先入観にとりつかれ、それが実現できないと落ち込んでしまうケースがある。

友人をつくろうと、複数のクラブに入会し、どれにも出席しているうちに、授業がおろそかになったり、期末試験の勉強にあてる時間がなくなったりといった悩みも生れる。

進路相談は、新入生ばかりではない。四年になって、どこに就職していいのか分らない、もう少し学生生活を楽しみたい、一～二年間海外に語学留学をしてみたいなどの相談が寄せられる。

朝寝坊はしたい放題、アルバイトでそこそこの金も稼げる、クラブ活動を大いにエンジョイするといった学生生活を送ってきた者にとって、社会に出ていくのが怖い、現実社会で生きていくことの厳しさを回避したいと相談に来るケースがある。

また就職しても、自分のイメージと違う、自分の希望する部署に配置されなかったなどの理由で、転職を繰り返し、母校の学生相談室に舞い戻ってくる場合もある。景気がよかった数年前にはこの傾向が強かったが、不況で企業側が学生を絞り込む買い手市場になってからは、こうした相談は減ってきた。

こうした学生たちを狙うのが（有名タレントの改宗問題で話題になった）宗教系のサークルである。学生たちは、初めは好奇心、あるいは誘われるままに行事に参加しているうちに、いつの間にか役職に就き、宗教母体の財政に寄与するような動きまでさせられるに至る。

学生も親も「大学に入ったからもう安心だ」と喜んではいられないのだ。むしろ、そこから新たな悩みが発生することを心しておかなければならない。

（1993・6）

新研究室

三田山上に新研究室、通称新研が完成したのは一九六九年のことであった。それまで、助手・専任講師・助教授は第一研究室、教授は現在国際センターとなっている第二研究室に分れていた。第二研究室に指導教授であった英修道先生をたずねて行くと、受付のソファーで、当時マスコミの売れっ子であった中国文学の奥野信太郎、国文学の池田弥三郎、社会学の長老米山桂三、民社党のブレーンで多くの著書があった政治学の中村菊男などの諸教授が雑談しておられ、近寄り難い雰囲気であった。

助手の頃、第二研究室に英先生に呼ばれて行った際、米山先生におじきをしたところ、「君、米山君にあの頭の下げ方はなんだ。もっと深く下げろ」とお小言を頂戴したことがあった。

一方、第一研究室は相部屋、三人か四人が同居し勉強に専念できるような雰囲気ではなかった。授業に必要なものを置くという物置場にすぎなかったのである。こうした不便さを一気に解消したのが新研究棟の登場であった。

新研究棟が完成したのが、六九年七月、七階のイタリア大使館が見える七三三号室に部屋を与えられ、本などを運びこんだ直後、折からの大学紛争の影響で、新研は過激派学生に占拠されてしまった。入口に椅子と机でバリケードが築かれ、入室は不可能になった。自分の集めた本、あるいは学術雑誌が過激派学生によってめちゃめちゃにされているのではないか、部屋自体も彼らによって荒らされているのではないか。心配は絶えなかった。数カ月後やっと解除されて恐る恐る入ったわれわれの目に入ったのは、一・二階の荒らされ方と比較的原型のとどめられていた六・七階であった。彼らは一・二階を居住場所とし、ふとんを持ちこんだり物を食べたりでかなり荒らされていた。六階・七階は往復に不便なため、使用することはあまりなかったらしい。だが各部屋の名札の下に○とか×が書かれ、過激派に同情的な教授は○、いわゆるタカ派で強硬姿勢であった者には大きな×がつけられていた。×の教授ほど部屋が荒らされていたことはいうまでもない。七三三号室、すなわち私の部屋の名札の下には大きな×がつけられていたが幸い荒らされた跡はあまりなかった。驚いたのは、ものがなくなるどころか、なかったものが増えていたことである。彼らは眺めがよい七階を休みどころとして、他の部屋で入手した扇風機などを持ちこんでいたのである。

新研の談話室でそもそも自分の部屋になかったものを持ちよって展示する〝どろぼう市〟が開かれた。書籍、はさみ、ホチキス、テープレコーダー等々の備品類が並べられ、「あっ、これはおれの部屋のだ。こんなものまで持っていったのか」と声をあげながら自分の持ち物を探しまわる教員の姿が見られた。中にはひどい例もあった。英文学を専攻する教授が大事にしていた本が研究室から消えた。たまたま神田の洋書専門の古本屋に立寄ってみると、自分の部屋からなくなった本がある。誰から購入したかと聞くと、主人が台帳で調べた結果慶應の学生とわかった。研究室から持ち出した本を古本屋に売り現金に換えていたのである。呼び出された学生は、学生運動に夢中になった結果、親からの

送金をとめられ、食べる金にも困って研究室の本を売ったということであった。自分の身分証明書を示して、後で足がつかないかなどという発想はなかったらしい。親共々呼び出して厳重説教の末、無期停学処分にしたが、いまだにこの学生のやったことは許せないと思っている。

紛争が一段落し、世の中が落ちついてくると、研究室はじっくり仕事の出来る場となっていった。七階の部屋は往復にはやや不便だが、窓から眺めるイタリア大使館の庭はまさに借景である。春は大使館の庭をおおっている木々が新芽をつけ、夏はそれが鬱蒼たる繁みと変り、芝生もグリーンとなり、秋に紅葉がおちる頃池に泳ぐアヒルの姿を垣間見ることができ、冬は大使館の庭に降り積もった雪景色を楽しむこともできる。

唯一の問題は本が増えてスペースが狭くなることだ。年々たまっていく本と書類は処分すればいいのだが、いつかは使うだろう、あるいは使わなくてもなんとなく愛着があって捨てられないものもある。三〇年間に及ぶ新研七三三号室の生活は思い出が一杯である。ある時はゼミの女子学生が部屋でお弁当を食べるのを習慣にしていたこともあったし、ソフトボール大会で優勝する度に、トロフィが次々にたまり、部屋をのぞいた経済学部の教授に「まるでPL学園の校長室みたいだな」と驚かれたこともあった。現在人と会うのは、もう自分の研究室は無理。一階の談話室か応接室で行うことにしている。

だがこの新研究室とも別れなければならない。二〇〇〇年四月から、慶應での居場所は名誉教授室に移る。

幻の門

「えっ、幻の門がなくなるんだって」

塾員の間に衝撃がはしった。三田通りの拡幅工事に伴い、三田キャンパスの幻の門周辺の改修工事が決定。東研究棟（仮称）が建てられることになったのである。三田通りに面して建てられるこの東研究棟は、地上九階、地下二階で慶應義塾図書館旧館とトーンを合せた外装の堂々たる建物が予定されている。

塾員にとって残念なのは、三田通りから石畳の坂を上り幻の門から旧図書館が見えるあの風景がなくなることである。

何故幻の門といわれるのか。その由来は定かではない。一説によると、慶應義塾には看板がなかった。すなわち慶應義塾大学などと麗々しく看板を掲げなくても、その存在が明らかであるからというのである。だが戦後、占領軍の命令により看板をかけざるを得ないことになった。かけたものの一日にしてなくなったという。すなわち命令によってかけたけれども盗難にあったということで、以後慶應義塾には、正門、裏門どこを見ても看板はかかっていない。よって、看板のない幻ということでこの名がついたという人もいる。

この幻の門を題材につくられたのが堀口大学作詞の歌である。

幻の門こゝすぎて
叡智の丘に我等立つ
三色の旗ひらめけば
黒髪風に薫じつゝ
つどう若人一万余
空の蒼海の碧

見はるかす　三田の台
　義塾　義塾　我等が義塾
　慶應　慶應　慶應義塾

この歌ができたのは昭和八年である。堀口氏はこの当時のことを次のようにいっている。

この風変りな題名の由来は次のようだ。

あの当時、東都における学生スポーツの花形は、帝大、早稲田、慶應だった。そして帝大には赤門があり、早稲田には稲門があるのに、慶應にはそれらしいものも、門のつく呼び名もどこにもなかった。残念だった。一七、八歳の頃、一年余り朝夕登り降りしたあの図書館下の坂道にあるのが当然の門がないのがなんとなくもの足りない思いの種だったことが、二〇年後の記憶によみがえってきた。さらばというので、これからつくる応援歌の題名にこれがあいなったというわけだ。

大作曲家、山田耕筰の曲を得て当時のスポーツのメッカ、神宮球場で初めて披露され、それまで連敗続きの劣勢から脱出、久々にほほえんでくれた勝利の女神を三田山上にかついで帰ることができた縁起のいいデビューであった。

しかし、歌詞がいささかむずかしく、また「つどう若人一万余」も時代に合わず、最近ほとんど歌われることがないのは寂しい限りだ。

塾員が心配した幻の門は、東研究棟が完成した後、義塾内に移され存続される予定と聞いている。

大銀杏

「じゃ、大銀杏で待っているから」

塾生の間でよくこんな会話が交される。大銀杏、いうまでもなく、慶應義塾の正門から入り南校舎の吹き抜けの階段を上ってくると、中庭にそびえ立つ大きな銀杏の木である。

われわれの学生時代、大銀杏などという言葉はなかった。ということは、あの銀杏の木が大銀杏と呼ばれるほど成長していなかったということだ。三〇年振り、四〇年振りに三田、あるいは日吉を訪

2001年三田キャンパス心象風景
(因みに画家は池井優名誉教授です)

れる塾員達にキャンパスの感想を聞くと、「ずいぶん新しい建物が建ちましたね」という言葉と、「木が大きくなりましたね」という言葉が聞かれる。学生時代から大学院、さらに学校に残って毎日のようにキャンパスに来ている者にとって、木が大きくなったという感じは全くないが、三〇年、五〇年の歳月を経ると、一本の銀杏の木、一本の杉の木でもずいぶん成長するものらしい。

そういえば、旧図書館脇の杉の木、日吉の並木道の銀杏も、時々枝おろしをしてあまりに枝が左右に広がって、他の樹木、あるいは建物に支障のないように措置が施されている。三田の大銀杏が樹齢何年になるのかは知らない。だがおそらく一〇〇年は超すだろう。となると明治・大正・昭和・平成とまさに慶應義塾の歩みを三田山上で見続けたことになる。和服姿の塾生、学生服に丸帽、戦後の混乱期における兵隊帰りの軍服姿などが入りみだれていた昭和二〇年代初頭。そして高度成長に伴い体育会以外の学生達が学生服を嫌って、ラフな服装になり、茶髪からピアスまで現れてきた変化を、一本の銀杏の木は見続けてきた。

今や大銀杏は旧図書館前の福澤先生の胸像（学生にいわせると福ちゃん前あるいはユキチ前）と並んで、学生達の代表的な待ち合わせ地点となっている。いや塾生達だけではない。他大学学生との打合せ会でも、正門前より中庭の大銀杏といった方がわかりがいいのだそうだ。

今や大銀杏は三田のキャンパスのシンボルとなった。

塾生

「ハイ、塾生注目！」

神宮球場のメイン台から應援指導部の主将が呼びかける。学生でなく塾生というところがミソだ。

慶應義塾の卒業生は愛情をこめて自らの母校を塾という。

「近頃の塾は、司法試験の合格者も大勢出し藤沢の評判も良くて何よりだ」

「塾も、たまには箱根駅伝に出て欲しいものだな」

こうした日常会話の中に塾という言葉が頻繁に出てくる。最近塾といえば、受験あるいは補習のための学習塾を意味するが、新村出編集の『広辞苑』（昭和三〇年、岩波書店）をひいても、第三番目に「慶應義塾の略」という説明があるほどである。慶應義塾は発足の当初は小さな家塾にすぎなかった。江戸の築地鉄砲洲にあった中津藩奥平家の中屋敷の長屋の一軒に発足し、やがて三田に移ってさらに日吉、信濃町、矢上、湘南藤沢とキャンパスを広げ今日に至っている。だが、義塾という同族的色彩は今日でも極めて色濃く残っている。

学生を塾生、卒業生を塾員、学債を塾債、校歌を塾歌、総長を塾長と称するなど全てに塾がつく。かつて用務員さんのことを塾僕といったが、これは差別用語にあたるとして今日使われず、学校で出るまずいお茶のことを塾茶というが、これは通称にしかすぎない。

なお塾員は、慶應義塾大学学部又は大学院の正規の課程を卒業したものとされるが、卒業生でなくても評議委員会の議決により特別に選ばれると、特選塾員となる。特選塾員は

一、慶應義塾に満十年以上在職した教職員で適当と認められた者。

二、慶應義塾が設置する諸学校または嘗て設置した諸学校に相当期間在学した者で適当と認められた者。

三、慶應義塾に対して特に功績のあった塾員の近親遺族、子孫で適当と認められた者。

四、慶應義塾で学位を授与され、特に適当と認められた者。

五、その他慶應義塾に特別の関係がある者で義塾に対し功績があったと認められた者。

例えば歌手の故藤山一郎は、慶應義塾に学んだのは幼稚舎と普通部だけであったが、項目二と五に該当するとして塾員二名の推薦を受け、選考委員会で承認され、晴れて卒業生の仲間入りをしている。尚、義塾というのは英語の“Public School”の福澤流の訳と思われ、おそらく慶應が義塾と称した最初ではないかと思われる。以後明治年間には××義塾と称した学校が一二〇校あったという。またベトナムにも玉川義塾、東京《トンキン》義塾、梅林義塾の三校があり、現在日本では夏の高校野球で星稜高校の松井（現巨人）を連続五打席敬遠して話題になった明徳義塾が有名である。

第二部　父、母、師、友、旅

父の原稿

手元に黄色く変色した原稿用紙の束がある。物置を整理して偶然見付けたものだ。四〇〇字詰にして三四枚、万年筆の走り書きがマス目を埋めている。六〇年以上も前に父が書いた講演用の原稿である。

テーマは「結核予防について」。当時父は伝染病研究所、通称伝研で調査と研究に従事していた。原稿はその時依頼された講演のためのものである。

父方は代々医者の家系であった。熊本でかつては藩主細川家に御殿医として出入りし、お城から差しまわされる駕籠に乗って「殿様のお脈拝見」に曾祖父は出かけていったという。しかし、廃藩置県で大名がなくなり、しかも父の父、祖父が亡くなると地位と財政的基盤を失った家は、急激に没落していった。三人の男の子を残された祖母は、困惑した。だが、九州女の典型であった気丈な祖母は、考えた揚句、長男は学資のかからない陸軍士官学校へ、次男は卒業してすぐ働ける商業学校へ、そして三男すなわち私の父は医師の家柄を消さないため、「医者にしてくれること」を条件に養子に出した。熊本の医専を卒業した父は、上京。東大で学位をとり伝研に就職。やがて本郷で開業するつもりでいたという。

伝研勤務の間に父に講演の依頼があった。というよりおそらく、伝研の上司から、「君、結核予防の講演依頼が来ているが、行ってくれないか」と頼まれたのであろう。黄色くなった原稿を読んでいくと、父がいかにこの講演に気をつかったかが見てとれる。

私がただ今、ご紹介にあずかりました池井であります。本日は皆さんに結核の予防についてお話しすることになっております。元来衛生に関する話は陰気であり面白くありません。これは皆さんが元気でいらっしゃるからで、私はここから皆さんの健康な顔を見て、大変うれしく思います。しかし世間には「ころばぬ先の杖」ということわざがありまして、皆さんは丈夫でも、ご家族、ご親戚、お友達の方、お知り合いの方に一人も結核患者がいないかと申しますと一人や二人位は、必ずご存知だろうと思います。一人も知らないという方は、余程幸福な方であります。それほどこの結核は多いのであります。一体、日本にはどの位結核患者があるかと申しますと、

内地のみで　患者数約一二〇万。

死亡者数一二万。

人口割にすると、わが同胞五〇人に対して結核患者一人という芳しからぬ憂うべく勘定が出てまいります……。

講演は、日本が国をあげて戦った日露戦争の戦死者八万人、関東大震災の犠牲者一〇万人を上回る数字であることを紹介し、結核の多さを訴える。しかしこの病気は決して恐れることはないこと、予防にはどうした手段が有効かなど感染経路、結核菌の種類、初期症状など具体的にわかりやすく説明

している。

父は口下手な上、郷里の熊本なまりが抜けず人前で話すのが苦手だったというから、そのまま読みあげてすむように、苦心をして原稿用紙のマス目を埋めていったのであろう。難しい表現をやさしい言い方に改めたり、繰り返しの部分をけずったり、重要な所に傍線を引くなど、三四枚の原稿には何度も何度も、推敲を重ねた跡が見られる。

だが皮肉なことに、自ら研究対象とし、講演まで行った結核に冒された父は、栄養をとって安静にしている以外、治療法のなかった時代、約一年の闘病生活の後亡くなった。当時私は二歳。告別式の日には泣きくずれる母になぐさめの言葉をかける大勢の弔問客に、ニコニコと笑いかけ、「坊やはお父さんの亡くなったことが、わからないのね」と、訪れた人々の新たな涙を誘ったという。

考えてみると、私自身、専門は全く異なるとはいえ、父と同じ研究者の道を選び、講演、原稿の依頼を受ける年頃にもなった。

現在の自分を考える時、父がおそらく初めて頼まれたであろう講演に、どのくらい神経をつかって準備したか、手にとるようにわかり、あまりにも幼かったために父についての記憶が全くなく、写真と人の話でしかイメージが浮んでこなかった父の姿が、六〇年前に書かれた原稿を前にして、急に身近な存在となって、よみがえってきた気がする。

（1993）

母―教育ママの〝元祖〟

父が亡くなったのは、私が数え年二歳の時であった。正確にいうと、一歳一〇カ月の男の子を残されて、若くして未亡人となった母は嘆き悲しみ、悩んだことであろう。再婚を勧められたり、宮中に女官としてあがらないかという話があったり、いろいろな選択肢があった中で、母が選んだのは、人に書道を教えて生計の道をたてることであった。

生活を縮小するため、本郷から目黒の小さな借家に、祖母を含めて三人で引越し、ささやかな書道の塾を開いた。自宅で教えるとともに女学校時代の友人、知人を通じて、出げいこに出かける日が多かった。やがて母の情熱は、子供すなわち私の教育に向けられた。

幼稚園は電車で一時間半もかかる自由学園、そして小学校は歩いて五分とかからない地元校を避け、電車に乗っていかなければならない師範学校の付属小学校を目ざした。普段着で登校する普通の小学校でなく、腕に線の入った制服を着せて〝付属〟に通わせるのが、母の夢であった。無事希望の学校に入れると、次は成績をあげることに躍起になった。

家に帰ると必ず当日習ったことを母と一緒に復習した。試験の日は、五時半に起きて漢字の書き取り、数字の予想問題など、必ずやっていった。したがって、成績はいつも一番、当時はコロコロ太っ

ていて、体操、特に丸太登りが苦手と聞くと、大工に頼んで自宅の庭に丸太ん棒を立て、登る練習をさせられたのには、子供心にびっくりした。

夏になると千葉の外房のお寺の一室を借り、苦手の水泳の練習をさせられた。運動会の徒競走で、いつもびりかびりから二番目だったのが母にとっては心残りだったらしいが、高校時代から大学にかけて、軟式野球のチームに所属、現在でも草野球の現役として活躍できるのは、この時の母の運動神経はりおこしの努力によるところが大きい。

高校、大学を経て就職を決める時期が来た。これまで母に苦労をかけたから、どこかの会社に就職して月給をとり、楽をさせたいと考えていた時、指導教授から大学院に進学して学校に残らないかとの誘いを頂いた。おずおずと母に相談すると、一も二もなく賛成してくれた。父と同じような道を進むことになったからである。父は伝染病研究所に勤務した医師であった。「医学と外交史、専門は違うけれど研究者になるのはいい」と、大賛成。早速指導教授によろしくお願いする旨の手紙を巻紙に毛筆で流れるように書いていたのを想い出す。アメリカに留学した時は、日記代りに、三日にあげず絵はがきで便りを出していたが、それを何よりの楽しみにしていたらしい。

留学から帰り、やがて母のみつけた人と結婚、だがほっとしたのか、結婚式をあげて一カ月後に母は急逝した。

健在であったらば孫を有名小学校に〝お入学〟させようと夢中になる教育ババになっていたことであろう。

（1996・10）

八月一五日の空

終戦を迎えたのは学童疎開先の信州のお寺であった。

「重大発表がある」と先生にいわれて本堂に集められたわれわれは、性能の悪い並四球の国民型ラジオからザーザーという雑音とともに聞えてくる天皇の玉音放送に耳を傾けた。

「忠良ナル爾臣民ニ告ク、朕ハ帝国政府ヲシテ米英支蘇四国ニ対シ其ノ共同宣言ヲ受諾スル旨通告セシメタリ……」。

雑音に加え内容も小学校五年生には難しすぎた。先生の説明で「戦争は終った」と知ったわれわれは、子供心に複雑な気持ちであった。「神国日本は必ず勝つ」「欲しがりません。勝つまでは」「鬼畜米英」などのスローガンを朝から晩までたたきこまれていたにもかかわらず、現実には負けてしまったくやしさ、一方では親元を離れ乏しい食糧の中で心がすさみ、親恋しさと空腹に耐えかねていた生活から解放される、東京へ帰れるといううれしさとがからまりあって、虚脱したような一時であった。

われわれは外に出た。昭和二〇年八月一五日は暑いが快晴であった。あぶらぜみとミンミンぜみの合唱の中、見上げた空には白い雲がうっすらと浮んでいた。信州のみならずこの日は全国的に晴れていた。東京の家に一人で頑張っていた母は、B29の飛んでくる心配のなくなった「東京の空」を久しぶりにゆっくりと見まわしたという。

この日の感想は庶民も文学者も同じであった。文豪高見順は日記に次のように書きしるした。

―遂に負けたのだ。戦いに敗れたのだ。

夏の太陽がカッカ燃えている。眼に痛い光線。

烈日の下に敗戦を知らされた。

この日の日記には空は出てこないが、翌八月一六日には次のような記述がある。

黒い灰が空に舞っている。紙を焼いているに違いない。―東京から帰ってきた永井（龍男）君の話では、東京でも各所で盛んに紙を焼いていて、空が黒い灰だらけだという。

八月一五日の青い空は一転して黒い空にかわってしまった。

その後の想い出に残る空はたくさんある。大学時代キャンプファイアーが消えかかる頃上級生、下級生と応援歌、キャンプ・ソングを次から次へと歌い、クラブ活動の良さを満喫した赤倉の満天の星空、初めて留学をした際、最初に降りたった外地ハワイのやしの葉ごしに見た抜けるような青い空、ニューヨーク・メッツの本拠地シェイ・スタジアムの観客席から見たキーンという金属音を残してジェット機が上昇していくニューヨークの空、南京の長江大橋から見た悠々と流れる揚子江の川面に映った中国の大空……など空の想い出はたくさんあるが、頭の中のキャンバスに空をテーマに「一枚の絵」を描けといわれれば、即座にあの「八月一五日の空」を題材に選ぶであろう。

（1980・9）

中学時代

「おもしろくないな、やっちゃえ」

誰かが叫ぶと校舎に向って石炭が投げられた。ガチャ、ガチャンとガラスがわれる音がすると恐くなったわれわれは、夕闇の中を一目散に逃げだした。昭和二四年の晩秋のことである。

当時私は、東京学芸大学附属世田谷中学校に通っていた。この日、冬に備えてトラックで運ばれてきた石炭を、われわれ三年B組は校舎内に運び入れる作業をやっていた。女子ばかりのC組はもちろんのこと、男子クラスのA組は授業時間をつぶして同じ作業を行い、とっくに終って家路についた。ところが、われわれB組は放課後になって作業にとりかかり、石炭の運び入れが終ったのはもう夕方、皆の不満はかなり高まっていた。その時、誰かが叫んだ。

「職員室には電気がついているぞ、おれ達を働かせて先生達は酒を飲んでいるんだ」

不満は一気に高まった。そして手にした石炭を校舎めがけて投げつけたというわけである。

翌日、担任が厳しくわれわれを問いつめた。

「誰がやったんだ」

普段快活なわれわれB組も、この時ばかりは静まり返って誰も何もいわない。担任は次第にイライラしてきた。だが、実際誰がやったというよりも全員が石炭を投げたといってもよい。担任の若い教師では手に負えないと見た学校側は、ベテランの教頭をさしむけてきた。

「私は今、教員室で皆にいってきたんだよ。B組の生徒なら必ず僕がやりましたといってくれるとね」

重かったわれわれの口がようやくほぐれはじめた。

「僕ら皆でやったんです。おもしろくなかったですから」

われわれの口から何故石炭を投げるにいたったかの背景が口をついて出てきた。小学校五年で終戦を迎えたわれわれは、新制中学第一期生として、中学生活を送ることになった。東京学芸大学の敷地内に、今日から見ればお粗末だが、当時としてはぜいたくとも思える木造の二階建て校舎が建てられ、われわれは上級生のいない中学生活を送ることになった。今から考えれば教員も寄せ集めだった。大学を出たての英語のうら若き女性教師から、学芸大学の助教授の出向組にいたるまで多様であった。われわれが中学時代を過した二二年から二五年にかけては、戦後の混乱から脱しきれず、附属小学校時代からのクラスメートが軍人であった父親が追放され、家族全員でマーケットに小さな雑貨店を開くといった生活の激変を目のあたりにしたり、二二年に五〇銭だった都電の運賃が、二四年六月には八円となって、子供心にもインフレのすさまじさを感じとったり、聖徳太子のついた一〇〇〇円札をはじめて見て驚いたりしたのもこの時期であった。

中学の教育は戦後の混乱を反映して、秩序だったものではなかった。だが、英語を教える若い女の先生が、一番前の席の生徒が教科書のさし絵に加えたいたずら書きを見て、授業中突然はじけるように笑いだしたり、学芸大学から出向していた東西交渉史の専門家によるシルクロードの話に、学問の香りを感じとったり、手さぐりの中にも楽しい毎日であった。

「石炭事件」を引き起した教室の片隅のダルマストーブは、そばにいれば汗をかくほど暑く、少し離れれば熱がとどかないしろものであったが、教室にはそれなりに活気があふれていた。

この当時、われわれが夢中になったのが野球であった。川上の赤バット、大下の青バットに代表されるプロ野球の人気、二四年一二月に来日したサンフランシスコ・シールズのパワーがありながら、基本に忠実なプレーの数々、われわれは雑誌『野球少年』を争って読み、特にＮＨＫの人気アナウンサーだった志村正順の東京六大学、プロ野球の名勝負を描写した「誌上実況放送」に夢中になった。この中学時代の野球への入れ込み方は、後にも尾を引き、今だに草野球の現役として毎日曜プレーし、高校野球から大学野球にいたるまで、野球と名前がつけば興味と関心を示す原点となった。

たまにはクラス会にも顔を出すが、残念なのは「ベニスの商人」のシャイロックの名演技でわれわれを驚嘆させたＨ君、無類の犬好きで駅前の時計屋の犬を教室にまで連れこんでいたＯ君が若くして亡くなり、共に昔話ができないことである。

（１９８１・７・13）

五〇年目の秘話

久しぶりに中学の同期会に出席した。われわれが新制中学一期生として東京学芸大学附属中学に入学したのは、ちょうど今から五〇年前の一九四七年（昭和二二年）のことであった。

戦後間もないころとあって、粗末な紙の教科書。制服などもちろんなく、母の手作りの洋服、唯一の楽しみといえば布製のグラブで野球をやることくらいだった。軍人の子弟が多く、この間まで父親が陸軍大佐だ、海軍中将だといっていたのが、追放されたり、戦犯にとわれたりして、友人の家が急速に没落するのを目の当りにもした。

中学はA組、B組、C組の三クラスに分れ、A、B組は男子、C組は女子という別々の構成であった。その同期生達約五〇人が久々に集まったのである。当時習った先生を四人お招きした。当時教頭を務めたY先生は八五歳。だが今でも毎日一時間は水泳をする元気さ。目も耳も確かである。

挨拶に立ったY先生がこうきり出した。

「これは五〇年たって初めて明らかにする話です。君等が三年の時、ある日学校に行くと用務員が先生、ちょっととと呼ぶ。なんだろうと思うと、昨夕、男子生徒、特にB組の生徒が中心になって酒を飲み、歌ったり踊ったりの大騒ぎでしたという。さあ、大変だとわしは考えたね。なんせ、義務教育

だから退学にはできない。もし責任をとるとすれば教員の側だ。そこで考えた末、飲んで歌って踊ったと思われる生徒を一人一人、教員室でなく主事室に呼んだんだ。だが我ながらうまいことをいったと思うよ。昨日、飲んだり、歌ったり、踊ったりしたそうだが、わしもそういうことが大好きなんだ。こんどやる時は先生も一緒に入れてくれよ……」

お説教されて退学かと覚悟して現れた悪童共はこの一言でほっと救われた。Y先生はさらに続けていう。

「用務員には絶対他言するなとくぎをさし自分だけの胸におさめて処理したんだよ。だけど君等、作戦を間違ったよ。あの用務員は実は酒が大好きだったんだ。あれに飲ませときゃ、つげ口をされることなんてなかったのさ」

白髪になったり頭の毛が抜けおちたかつての悪童共は、孫が二人いてなどといっているかつての女子生徒とともに大笑いしたのだった。

良き時代の良き先生の話であった。


（1997・5・19）

英 修道先生

「君に大学に残らないかと勧める理由は三つある」

昭和三三年七月、英先生のご自宅にお伺いした私に先生はこう切り出された。

「第一は、学部の成績がかなりいいので、これなら大学院へ進学してもよかろうと思う。第二は、君はお父さんを早く亡くされ、母一人子一人だろう。学校に残れば転勤はないしその点お母さんを安心させることができるのじゃないかな。第三に君は息子の親友だ。自分の後継者を考える場合、気心の知れた君がいいと思うのだが」

当時就職の解禁日は一〇月一日と決められていた。就職を前にしていろいろ考えた。学生時代四年間、放送研究会の一員として活躍してきたこともあり、放送局という考え方もあった。当時ラジオ全盛時代、テレビは白黒テレビがようやく普及しはじめ、「電気紙芝居」といわれ、まだまだ揺籃期にあった。放送研究会の先輩には、ＮＨＫとようやく目途がついた民放にアナウンサー、あるいはディレクターとして入っていくのもいたが、自分としてはもうひとつマスコミの世界にはなじめないものがあった。次に考えたのは、経済原論で習った寡占企業である。日本の市場を三社か四社で占有する。価格協定もできるし、これはいいのではないかと考えた。具体的には、ビール、ガラスなどである。思い悩んでいるうちに英先生から声がかかったのである。

元来、歴史は嫌いではなかったが、外交史という学問がどういうものかはっきりした認識もできず、またゼミも英ゼミではなく林烈助教授のゼミで、議会政治を専攻した手前もあり、一抹の不安があったが、「わしが指導するから、そんなことは心配しないでいい」という先生の言葉に、大学院進学を決意。九月に行われた大学院入試を受験。就職部には「就職希望せず」と届けを出し、ついに就職活動をすることも、ましてや入社試験を受けることもせずに、そのまま大学院へ進むことを決めた。あの時の英先生の一言がなければ、今日の私はない。

英先生は、一九〇二年一月一七日の生れ。今でもお誕生日をはっきりと覚えているのは第一回日英同盟が結ばれた年であり、また一月一七日は尾崎紅葉の名作『金色夜叉』の名場面、間貫一が熱海の海岸で、恋人お宮が心変りをしたことを知り、それをなじって「来年の今月今夜も、再来年の今月今夜もおれの涙できっと曇らせてみせる」とのセリフをはく、その今月今夜の日だったからである。英先生は、当時の大建築会社、英組の御曹司として生れ、慶應義塾には幼稚舎から学ばれ、子供の頃からテーブルマナーを、帝国ホテルで教わったり、他人の家に晩餐に招かれる時は、軽く食事をしていけ、そうすれば、向うへいってガツガツ食べないですむ、といった特殊教育を受けて育ったという。そうした幼時の教育は、学生を指導する立場になってから遺憾なく発揮された。教室では東洋外交史の授業というより、「君らカレーライスにソースをかけて食うようなマネをしちゃいかんよ」に代表される人生訓話、自ら会長を務められた「東京文化の会」では銀座のレストランを舞台に、実際にテーブルマナーを指導された。

学問の面では、テーマなどについてああしろ、こうしろと細かいことはおっしゃらなかったが、原稿は締切りと枚数を守ること、むやみに改行しないこと、一度原稿を出したら校正で書き加えたり削ったりすることのないよう厳密な指導を受けた。この教えは、その後何十年に及ぶ研究生活、論文と著書の執筆の際大変役立っている。

最近学生を相手に注意をして、それがかつての英先生にそっくりなのに気がついてガク然とすることがある。先生との関係で唯一の心残りは、急逝された折、ジョージワシントン大学の集中講義のため在米中で、ご葬儀に伺えなかったことである。

いかにも慶應らしい、良き時代の大学教授であられた。

羅先生のお土産

「私からのお土産です」
そういった羅教授は紙を差し出した。拡げると墨痕も鮮やかに
欲上青天攬明月
と書かれてあった。
「私の好きな李白の詩です。中国を出る時、紙と筆、それに硯と墨を荷物に詰めて送ったのです。暇があると書道をやるようにしています」
一九八一年八月から一年間、アメリカのミシガン大学に客員教授として招かれた私は、北京大学でアメリカ、ラテン・アメリカを専攻している羅栄渠教授と知り合いになった。親しみやすい人柄に加え、同じ東洋人であり、下手な英語で話すことにお互いにコンプレックスを感じないで済むこともあって、食事に招いたり、招かれたりする間柄になった。
自動車の街デトロイトから車で五〇分ほどの距離にあるミシガン大学の所在地アナーバーは人口一〇万の落着いた大学都市であった。教授も学生も大学のキャンパスから二〇分以内のところに居住し、招待したりされたりのパーティーも極めて盛んであった。招かれる時は七～八ドルのお土産、花やワ

インを持参するのが普通である。

ある日招いた羅教授のお土産が、書であった。羅先生は、アメリカ人の家庭をはじめどこに招かれた時もお土産は書と決めていたらしい。中国研究で著名なホワイティング教授の居間にも羅教授の書いた詩が掲げられていたし、アナーバー市で一番大きい中国料理店の入口にも彼の書が飾ってあった。

一年余のミシガン大学滞在を終えた羅教授は、日本を経由して帰国することになった。予算がないので、日本経由といっても成田で飛行機を乗り換えるだけだという。

「折角、成田まで行くのなら、一週間でもいいから日本を見ていかれませんか。慶應でゲストとしてお迎えする手段を講じますから」

幸い「米中関係の展望」というテーマで講演することで、多少の滞在費が捻出されることになり、羅教授の日本立ち寄りが決定した。

「英語なら自分の意志を通じさせることは出来るが、日本語はまったくやったことがない。空港から東京のホテルまで無事に行けるかかな。日本での食事はどうしよう。……」

羅教授は不安だったらしい。

私はゼミの学生に長い手紙を書いた。

「日中親善、いや中国に日本びいきを一人作るためにも、諸君達の出来る範囲内で協力して下さい。……」

何を見せたらよいか、どこを案内したらよいか、学生なりに考えたらしい。空港に「熱烈歓迎羅先生」のプラカードを持って出迎える、日本のマスコミの現場を見て貰うため、NHKを見学する、新幹線に乗って貰い、古都京都で二日過すのはどうか。家庭に招いて平均的な日本人の生活を知って貰うのは意味があるかも知れない、大手のデパートはどうだろう、書道が好きならどこかで展覧会はやっていないだろうか……。

ミシガンを出て、ロサンゼルス、サンフランシスコ、ハワイの各地で大学を訪れた後成田空港に一月下旬に着いた羅先生は、プラカードを掲げた学生達に迎えられ、東京麻布の国際文化会館に落着いた。英語に多少自信のある学生の案内で、東京見物に出掛け、慶應で講演した先生は、想像以上の日本の豊かさに驚嘆した。

北京大学教授という職務上、またアメリカ、ラテン・アメリカ専攻のため、「人民日報」、北京放送など中国の庶民が接することのできるマスメディア以外に、専門書、英語の雑誌などを通じて、ある程度日本の発展振りは知っているつもりであったが、これほど商品が街にあふれ、人々が着飾って歩いているとは思っていなかったという。

NHKで大河ドラマの制作現場を見学、新幹線による三時間余の旅で富士山はじめ車窓の風景を楽しみ、京都に東京とは異なる日本の伝統と中国文化の面影を見出し、小生の友人宅に招かれた羅先生は、一家をあげてのピアノとハーモニカの合奏に耳を傾け、色紙に「海内存知己、天涯若比鄰」と書き残し、「中国はもっと日本から学ぶ必要があります」と名残惜しそうに日本を去っていった。

やがて、北京からミシガンにいた私宛に手紙が届いた。

「一年過したアメリカより、一週間しかいなかった日本の印象の方がはるかに強烈でした。素晴しい経験をしました。……」

その後北京を訪れた小生ゼミの卒業生の一人は、羅先生宅に招かれ、居間に掛っているゼミ生からの贈り物「To Prof. Lo from Ikei Seminar」のペナントに真っ先に気付いたという。

（1985・8）

ライシャワー教授

ライシャワー教授に初めてお目にかかったのは一九六八年のことであった。五年四カ月におよぶ駐日大使の任務を終え、ハーバード大学に教授として帰り、再び静かな学究生活を送っておいでの時であった。

「アメリカの対日政策—ライシャワー大使の役割を中心として」と題する論文を書くため、大使就任の経緯など伺うためインタビューに訪れたのである。一九六〇年、日米安全保障条約の改定をめぐって、日本国内には、「安保反対、岸を倒せ」のシュプレヒコールのもと大規模なデモが繰り返され、国会構内に突入したデモ隊の中から東大の女子学生の死者まで出た。

こうした状況をハーバードのキャンパスから憂慮の念をもって見ていたのがライシャワー教授であった。やがて「日本との断たれた対話」なる論文を有力雑誌に発表した教授は、国務次官と時のケネディ大統領の要請によって駐日大使を引受けることになる。「断たれた対話」の回復を目指し、大使と学者二つの顔を使い分けた教授は、日本国民の間の人気は抜群だった。

そのライシャワー大使が精神異常の少年に刺され重傷を負った時には、日本全国からお詫びの手紙やら、千羽鶴やら、輸血の提供など数々の申し出があった。

退院したライシャワー大使はいった。

「大勢の日本人の血をいただいて、混血になったような気がします」

ある座談会でご一緒した際、「世界は緊張緩和の方向に向っているか否か」が問題になった。座談会が終りトイレに立ったライシャワー教授は、私の隣で用を足しながらニヤッと笑っていった。

「池井さん、これが本当の緊張緩和」

厳しさに加え、ユーモアのセンスを持ち合わせたライシャワー教授への思い出は尽きない。


（1990・9・27）

友―球友ビル、旧友マイク

サンフランシスコの空港のゲートを出ると古い野球帽にヨレヨレのTシャツを着たおじさんが、ニコニコしながら手を振っている。

「やあ、よく来たな、いい席がとってあるぜ、さあ、いこう」

ビルはそういうと、私の旅行カバンを車のトランクにほうりこみ、空港から真っ直ぐに、サンフランシスコ・ジャイアンツの本拠地球場、キャンドルスティック・パークへ向かった。ビルことウイリアム・グールドは、スタンフォード大学の教授、労働法の権威である。だがビルと私は学問上の友人ではない。野球を通じての〝球友〟なのである。

一五年以上前に来日したビルを紹介され、後楽園球場に行ったのが付き合いの最初だ。以後、こちらが渡米すれば大リーグの試合を見、スタンフォードのキャンパスでグラブとバットを片手にノックに興じ、ビルが来日すれば、川崎球場、東京ドームと一日にオープン戦をはしごしたこともあったし、夕食を共にしながら、野球談議にふける。ビルは、労使関係の該博な知識を買われて、全米労働委員会の委員長に抜てきされた。オフィスをスタンフォードからワシントンに移し、お気に入りのレッドソックス全選手のサイン入りバットを飾りたてた一室で仕事に励んでいる。先日も、オリオールズの試合で始球式をやったと、その写真を得意になって送ってきた。

もう一人のアメリカ人の親友は、マイクこと、マイケル・オクセンバーグ教授だ。マイクとは一九六四年、初めて留学した時、コロンビア大学の大学院生だった彼と知り合い、なんとなく気が合って、三十数年に及ぶ家族ぐるみの交流が続いている。

彼がミシガン大学の教授だった頃には、国際交流基金の資金によりミシガンに一年滞在、マイク一家と零下一〇度の中で、ふるえながらミシガンのフットボールの試合を見、春にはいちご狩りを楽しんだ。彼ら夫妻が来日した時には、関西から九州一周の旅行を共にした。京都の南禅寺では、テレビの時代劇のロケーション中に出会い、「日本では今でもサムライが斬り合いをしている」とカメラにおさめ、アメリカのおばあちゃんを驚かせてやるんだと大喜びしたり、九州では熊本県剣道連盟主催の大会の模様を楽しんだり、郷土料理に舌鼓みを打ったり、中国政治の専門家であるにもかかわらず、日本情緒に触れた旅であった。

その後、マイクはカーター政権の中国政策立案のブレーンとして、ワシントンに招かれたり、ハワイのイースト・ウエスト・センター所長としてホノルルに住んだりしたが、その都度訪れては旧交を温めている。

マイク一家と我が家の連帯のため、犬の名前は共通にしてある。初代がラスティ、二代目はブランディだ。

海を越えての彼らとの友情は、生涯続きそうだ。


（1996・11）

ドクター・ホプキンス

ヒンスデールホスピタル、シカゴの郊外高級住宅地にある病院である。いまこの病院の一室で整形外科の医師による手術が行われている。右膝に軟骨が出て歩行困難になった七八歳の老婦人が患者である。

今日の手術の担当医はゲイル・ホプキンス博士、薄紫色の手術衣に身を包み、メスを持つ手も鮮やかに手術台の上に横たわっている老婦人の膝を切り開き、脂肪を取り去り、軟骨をはじめ患者を苦しめていた障害を除き、人工膝をはめ込む。二人の男性の助手、一人の看護婦にてきぱきと指示を与え、流れ出る血の吸引をはじめ、約四〇分の手術は流れるような手際の良さで終った。

手術室で見学を特に許された私に厳粛な表情から手術中いろいろ説明してくれたホプキンス博士は、手術後かつての人なつっこい笑顔へと変った。

ホプキンス、広島カープのファンなら、いやプロ野球の歴史に多少興味のある人なら、この名前を想い出すであろう。昭和五〇年、広島がチーム結成以来初めて優勝した時、山本浩二、衣笠などとカープ打線の中軸を担った外国人選手である。

大リーグで七年、日本で三年合計一〇年プロ野球選手としての生活を送りながら、ホプキンスは、現役中から引退後のことを考えて医学の勉強を始めていた。カープ在籍当時は広島大学の藤田教授の指導で顕微鏡をのぞき、部厚い医学書を遠征に行く汽車の中でも手放さなかった。幸いアメリカの医科大学もシーズンオフに通学し、その他は〃独学〃で単位が取れるように配慮してくれ、卒業して医師の試験に合格したホプキンスは、整形外科の専門医を目ざして着々とトレーニングを積んでいった。

目下彼は年収二〇万ドルを越え、それにふさわしい、一〇部屋もある豪邸に住んでいる。

野茂もそうだが、能力があり、努力し、それを生かす機会に恵まれれば、富と名誉がついてまわるのが、アメリカという国の良さであり、活力の原因であるような気がしてならない。

横並び社会の日本も捨てがたいが、日本では間違っても元プロ野球選手から医師は生れないであろう。ホプキンスの手術を見せて貰い、家に泊って、考えることが多かった今回の旅であった。

（1997・7・8）

日本とトルコが結ばれた

「まあ先生お久しぶり、お元気ですか」

イスタンブールのホテルのロビーで抱きついてきたのは、当地のボガジチ大学教授セルチュク・エセンベルさんである。慶應・ボガジチ両大学交流協定にのっとって、トルコを訪れた私をエセンベルさんは大歓迎してくれた。

エセンベルさんとの出会いは、一九七三年にさかのぼる。ニューヨークにあるコロンビア大学に客員準教授として招かれた私は、戦後日本外交史を講義することになったが、話す材料は山ほどありながら、それを英語でどう説明するかが悩みの種だった。日本語のわかるティーチングアシスタントの依頼に応じて来てくれたのが、当時コロンビア大学大学院博士課程で日本の幕末と明治維新史を研究しているトルコからの留学生、エセンベルさんであった。一週一〇時間私の手助けをすることで、授業料が免除されるとあって、資料の収集・整理などなんでもいってほしいとのことであった。そうした〝雑事〟は一切頼まず、講義の一週間前に次の週の講義を私が彼女に日本語で行い、英語でメモ＝講義ノートをとってもらうことにした。頭脳明晰な彼女は、こちらの日本語を適切な英語の表現で直してくれた。そのメモを持って講義に臨むと、受講生諸君は「周到に準備されたレクチャー」である

と評価してくれ、エセンベルさん自身も「家庭教師についていているようで、日本の戦後の対外関係について大変勉強になります」と喜んでくれた。

こうして彼女は、私のコロンビア大学在学中欠かせない存在となった。聞けば父親が外交官で一九六三年から六七年にかけて、駐日トルコ大使を務め、家族として来日した際、ICUで学び、父親の駐米トルコ大使転勤に伴いアメリカに移り、日英両国語に堪能になったとのことであった。その後ワシントンのトルコ大使館で行われた彼女の結婚式に出席するなど家族を含め親しい関係が続いた。

十数年の歳月を経てエセンベルさんから連絡があった。ボガジチ大学の日本史の助教授に任命されたが、使用するテキストは英語のものしかない。トルコ人のためのトルコ語で書かれた日本史の教科書があって当然だ。自分はそれを書きたい。ついては国際交流基金に援助の申請をしたところパスした。日本に行き、資料を集め、関係者と交流したいが先生とのご縁もあり、慶應で受け入れてくれるかとのことであった。二つ返事で引受け、来日した彼女は図書館の資料を十二分に活用し、ゼミナールの合宿に特別参加するなど、大きな成果をあげた。帰国に際しエセンベルさんはせっかくできた慶應との関係を、公式なものにしたいと「慶應・ボガジチ大学交流協定」を成立させた。トルコからは留学生が毎年訪れること、日本側からはスタッフがトルコに赴き、レクチャーを行い、親善の実をあげることなどが定められた。

日本とトルコの関係は、日米関係、日中関係のようにマスコミでクローズアップされることも多くなく、一般の日本人の関心も、イスタンブール、カッパドキアに代表される観光の対象としてのイメージしかない。

二十数年前コロンビア大学で生れた種が、日本とトルコの学術協定という地味ながら小さな実りとなったことを心から喜びたい。

住い—建て替え

家を建て替えることになった。

一口に建て替えといってもいろいろな問題が出てくる。

第一は、どこの業者に依頼するかであった。これまで住んでいた家は、祖母の頃から出入りしていたベテランの大工さんに頼んで建ててもらったのだが、いささかセンスが古い。いい材料を使い、仕事も丁寧、具合が悪くなって修繕したり建て増しがしたい時にはすぐにやってくれる利点はあるのだが、方々で材料を集めたり、仲間の左官、ペンキ屋などに依頼するので、意外に費用がかかる。そこで今回は大手のメーカーを利用することにした。

第二は、建て替えの最中、臨時にどこへ転居するかであった。原稿、講演の依頼、大学、学生との連絡などがあるので、電話は同じ番号がそのまま使用できる範囲内が望ましく、職業柄、本と書類のファイルが多いので、あまり手狭なところは収容しきれない。しかもわずか四カ月の短期で戻るのだから家賃の他に敷金だ、権利金だと何十万と払うのはバカげている。

第三は、建築と移転の費用をどうするかであった。自己資金、勤務先からの借入れ、住宅金融公庫資金を組み合せ利用することにした。

こうして、大手のモデルハウスを家内、高校生の娘と三人で見て歩くことになった。間取り、外観、内装など、今後二十数年住むことを考え、ゼミナールの学生が十数人やってきても入れるスペースの居間、職業上欠かせない書斎、大学受験を控えた娘の勉強部屋兼寝室……と必要とする部屋を考え、理想に近いものを探し回った。モデルハウス展示場でたん念にチェックし、パンフレットをもらって検討し、最後に二社にしぼり見積りを取った。A、B両社から担当者がやってきたが、A社は文科系のセールスマンで、建築の細かい点、現在の土地を最大限有効に利用することなどになると知識が乏しく不安を覚えた。B社の担当は建築科の出身でこちらの疑問と要望に納得の行くように答えてくれ、これなら大丈夫と確信した。

ただモデルハウスをそのまま再現するのはやめにした。モデルハウスは「見せる」ことを考慮して作ってあるので、階段の幅が広くしてあったり、出窓に格子がはめてあって体裁はいいが開けられず、実際に住む身になって掃除をしたり、風を入れたりするには、むしろ開閉のできる普通の窓の方がいいとか、これから長くわが家として暮しの本拠にするための注文は大いにつけることにした。

設計図をたん念に検討し、壁の色、タイルの色、カーテン、じゅうたんなどB社のインテリアの専門家と相談の上決めていった。

いよいよ古い家を取りこわすに当って、四カ月の仮の住いを探すのが一仕事であった。街の不動産屋を通じて近所の適当なところを当ってみたが、きたなかったり、きれいだと礼金が高かったりで困り抜いた。折よくなじみの電気屋が「近々取りこわす家で半年までなら貸していいのがありますよ」

と耳よりの話を持ってきてくれた。家の持主と直接交渉し、すべてを含めて五〇万円で仮の住いが決った。仮の住いは取りこわす家から徒歩一〇分の距離にあったが、歩いて一〇分とはいえ引越しは大仕事であった。本だけでダンボールに四〇箱、その他机、椅子、たんすなどの家財道具を含めて、トラックで二回の往復となった。

しかも四カ月すると再び同じ荷物を建て替えた家に持ち帰る必要があり、ダンボールの大半はあけずに積み上げ、新築の暁、そのまま運び入れようと考えた。だがエッセイひとつ書くにしても、たしかめたい事項が載っている本は、積み重ねたダンボールの一番下などという場合があり、とり出すのに大変苦労した。

事前の打合せをめん密にやったため、出来上った家には大いに満足している。

（1985・7）

住い―転居

もう二〇年前のことになる。引越しをしようと考えた。引越しをするにあたって、二つの選択があった。

ひとつは東京都内にマンションを探すことである。職場に三〇分以内に行け、都内の各地で行われる各種の会合に出席し、少々夜が遅くなってもタクシーで二〇〇〇円以内、観劇、プロ野球のナイターを観戦しても翌日の朝に影響がでない時間に帰れるメリットがあると考えた。だが便利である反面、新鮮な空気、土いじりを楽しむ庭、豊かな緑はあきらめざるを得ない。

もうひとつは郊外に土地を買って家を建てることである。おいしい空気とさんさんとふり注ぐ日光、ささやかな花壇が得られる代償として、通勤時間の長さ、買物の不便さなどを覚悟しなくてはならない。

金銭面での制約、職業との関連、育児などいろいろな面から検討した結果、第二の選択、郊外に土地を求め家を建てることに決心した。その線にそって、土地探しがはじまった。当時大手の電鉄会社が川崎から横浜にかけて路線の延長を計画中であり、大学の後輩が同社の開発課にいたこともあって、各種の情報を入手するとともに、ジープに同乗し、ゴム長靴をはいて下見に出かけた。

延長される予定の線路が完成し、時たま試運転の電車が走っている中、雨あがりの造成地を見て歩いた。これまで住んでいた家が、古くなり、しかも昼間でも電燈をつけなければならないほど日当りが悪くなったわれわれ一家にとって、日光と緑の中で生活できることは何物にもかえがたかった。案内役を引き受けてくれた後輩は、開発はブロック毎に行われ、この地区は第三ブロックの中心になること、したがって電車が開通した暁、急行停車駅に指定され、郵便局も土曜の午後、日曜の午前も開いている二等郵便局が開設される予定であることを教えてくれた。

高台に約二七〇平方メートル（八三坪）の土地を購入することを決め、一五年来出入りしていた大工に頼んで家を建てることになった。職業上書斎を広くとり、本の重みで床が抜けないよう、特別基礎工事には力を入れ、本棚も本のサイズに合わせて特別につくってもらった。

引越しをすませた翌朝、雨戸をあけてさんさんと降り注ぐ太陽に思わず「太陽だ」と叫び深呼吸をすると空気のおいしさが身にしみた。家の周囲には空地があり、田んぼがあり、池があった。トンボ、バッタ、オタマジャクシ、セミ、エビガニとまだ自然が生きていた。だが自然の豊かさと反比例して不便なことも多かった。駅の近くにはマーケットが一つ、医者が一軒、都心に出るには電車を二回乗りかえて一時間半近くかかった。その電車も日中は二〇分に一本、一度乗りそこなうと寒風の中、猛暑の中でじっと待たなければならなかった。

やがて人口が増えはじめた。会社の独身寮団地が続々とでき、閑散としていた駅のホームに電車を待つ列ができるようになった。電車の本数は増え、二〇分間隔が一五分、さらに一〇分へと短縮されていった。急行が運転を開始し、地下鉄に直結して都心まで四〇分でいけるようになった。大きなスーパーマーケットができ買物も便利になった。

しかし人口が増えたマイナス面もでてきた。駅前の道には自動車があふれ、歩道には通勤通学用の自転車が放置され、ゴミが散乱し、パチンコ屋からは軍艦マーチが流れるようになった。かつての空地には続々と家が建ち、バッタもトンボも姿を消した。

だがこれも便利になったことへの代償である。静かで豊かな自然が残り、その上便利である。そんなぜい沢は今の日本では許されないと考えて、現状に満足するしかないのである。

（1985・6）

旅―パリの失敗

問題はパリのオルリー空港で発生した。

カウンターで荷物をチェックインし、時間を見ると飛行機の出発まで一時間以上ある。搭乗ゲートのナンバーもわかっている。すっかり安心した私はアムステルダムにいる友人の子供達のために、空港の売店でおみやげを探し始めた。

「えーと、たしか、男の子が三人で、一番上が小学校二年生のはずだ。とすると、何がいいかな……」

男の子だから人形はだめだし、せっかくパリで買うのだからフランスらしいものがいいし、と考えているうちに、いつしかかなりの時間が経過していた。やっと決めたみやげ物を袋に入れて指定されたゲートへと向かった。ここに誤算があった。ゲートからすぐ飛行機に乗れるのではなく、そこからバスでタラップの下まで運ばれ、初めて機内に乗り込むという仕組みだったのである。

ゲートに着いた時、まさにそのバスが出ようとするところだった。

「ウエイト！」

大きな声で叫んだが、無情にも五メートル手前位のところでバスの自動扉はスーとしまり、広い空港のかなたゝめざして出て行った。

近所にいた航空会社の職員に手短に事情を話し、アムステルダム行きの飛行機のいる場所まで空港内を走って行くからと申し出た。

「とんでもない。飛行場の中は立入り禁止です。第一アムステルダム行きは空港の一番隅から出るので、歩いたり走ったりして行ける距離じゃありませんよ」

さあ、困ったぞ。チェックインした荷物はすでに機内に運ばれているはずだ。アムステルダムの空港にも、友人が迎えに来ているはずだ。どうしよう。

絶体絶命のピンチをむかえて考えた。私は迷わず日本航空のカウンターを訪れた。「アムステルダムに電話して、次の便までカバンを保管してもらうこと。次の便で行くことを出迎えに来ているはずの友人に、空港のアナウンスで知らせてもらうこと。これをお願いできますか」

日本航空の日本人の職員は、困った人だと思ったであろうが、一応ひき受けてくれた。

一時間半後、次の便でアムステルダムに飛んだ私は、ＫＬＭの荷物受取所にポツンとひとつ残されているカバンを発見した。だが待ってくれるはずの友人の姿は見えなかった。電話の連絡がつかず、空港のアナウンスもないため、乗客名簿に名前がありながら、降りて来ない私を友人はずい分探し、あきらめて帰ったことが後でわかった。

緊急会議とか、重要な人との約束でなかったために、「私の絶体絶命」は単なる失敗の笑い話に終ったが、もしカバンが紛失し、何千万ドルもの商談がかかっていたとしたら……。今でもそう考えると冷や汗の出る思いである。

あれから一五年たった。

旅—ボルチモア

フレンドシップ国際空港を降り、ダウンタウン行きのバス乗り場に行くと、それらしき男が四、五人いた。それらしきといっても悪い意味ではない。ボルチモアで行われるアメリカ野球学会年次大会に出席するため、全米から集まってきたメンバーなのである。

「SABRメンバー?」

「オー、イエス」

この連中にはそれだけで通じる。野球を愛し野球に関する正確な記録とストーリーに興味を持つ人々が集ってつくられたThe Society for American Baseball Research（SABR）は、この年ボルチモアに大会の場所を定めたのである。

会員達の狙いは、ここにフランチャイズを持つ大リーグの名門オリオールズの試合の観戦、あのベーブ・ルースの生家の見学にある。研究発表、情報交換と並んで今回の重要なイベントは野球都市ボルチモアを知ることにあった。

だがボルチモアの看板は野球だけではない。一七二九年に植民が開始され、その功労者ボルチモアの名をとって命名されたこの都市はチェサピーク湾に注ぐ港町として発展。また一八二九年、ボルチモア・オハイオ鉄道の完成により東部の交通、商工業の一大中心地としても発展した。まず港へ行って目につくのはアメリカ海軍最初の軍艦、コンステレーション号だ。新興国アメリカの威信をかけて活躍した帆船も、今は観光客のためにインナー・ハーバーにつながれ、どっしりした姿をとどめている。このハーバーには水族館、マーケット、レストラン、ホテルが立ち並び、ここを訪れる観光客の数はフロリダのディズニーワールドを上まわると地元の人々は自慢する。

歴史的名所なら、独立戦争の激戦が行われたフォート・マクヘンリーだ。またアメリカ国歌が最初に歌われたというフラッグハウスも、アメリカ史を感じさせる。アメリカの生んだ世界的推理小説の作家エドガー・アラン・ポーの墓もこの街の一角にある。怪人二十面相で有名な江戸川乱歩がこの作家からペンネームを借用したことはよく知られている。

「ホウ、ポーはそんな形でも日本に影響を与えているのかね」。人の良さそうな年老いたSABRの会員が感心してうなずく。ブルースを歌って一世を風靡したビリー・ホリデーもボルチモアの出身。作家や歌手を生む土壌がこのボルチモアにはあるようだ。

「ベーブ・ルースの家までお願いします」

陽気な運転手は「オーケー、ベーブ・ルース・シュライン!」とウインクして車を発進させた。シュラインとは神社のこと。日露戦争の英雄東郷元帥、乃木大将の家がそれぞれ東郷神社、乃木神社となったように、ルースはアメリカ人にとって神に近い存在なのだ。ロウ人形、懐かしい写真、万平ホテルのシールがはってある来日当時の旅行カバンなど、往年のルースをしのばせる記念品に満足した私は、この港町に限りない愛着を覚えたのだった。

（1985・11）

旅のコレクション

人には誰しも、物を集める趣味がある。切手、コインなどはよく知られているが、他人にはなんの価値がないものでも、自分にとってはそのひとつひとつが、想い出につながり、金銭に換算しがたいものもある。

自他ともに許す野球狂の私は、一九七三年ニューヨーク滞在の折、ヤンキースタジアム改築の時期にぶつかった。ベーブ・ルース、ルー・ゲーリッグ、ジョー・ディマジオなどが活躍した旧ヤンキースタジアムがとりこわされて、同じ場所に新球場が建てられるというのである。

旧スタジアムの最後の試合、多くのファンがスコップ、ベンチなどを手に、球場へ乗りこんだ。試合終了と同時に、彼らはある者はグラウンドになだれこんで、ピッチャーズプレートをはがし、またある者はスタンドの椅子をコンクリートの床からはがして、ふたりでかついで自宅へ持ち帰っていっ

た。
　スタンドからグラウンドにとび降りた私は、迷わずバッターボックスへ足を運び、スコップでひとにぎりの土をすくうと、用意したビニール袋に入れた。ルース、ゲーリッグ、ディマジオ、マントルなどが、足を踏みしめてピッチャーの投球を待ち、ボールをスタンドにたたきこんだボックスの土が、何より貴重だと思ったからである。
　大手デパートに勤めるK氏は、海外から品物を買いつけるのが主な仕事であった。当然一年に三、四回は海外へ出張する。はじめは、その土地の名物といわれるものを買っては、家族、友人などに配った。だが、海外旅行も度重なってくると、それも次第に億劫になってきた。
　そこで考えたのは、自分だけに意味のあるものを持って帰ろうという案である。対象に選ばれたのは小石であった。行く先々で、小さな石を拾って帰ってくる。それを今回の旅行の自分のコレクションにしようというのである。まず、フランスへ飛んだK氏は、ベルサイユ宮殿の前のきれいな小石をひとつ拾って、ポケットに入れた。デンマークのコペンハーゲンでは、名所ティポリ公園の小石を。イギリスでは繁華街の中心、ピカデリーサーカスとロンドンブリッジで。ベルギーでは有名な小便小僧の像の下で。ドイツのハンブルクでは、日本の浅草に匹敵するベーパーバーンの真ん中で。パリではシャンゼリゼ通りとコンコルド広場。そしてスイスのジュネーブでは駅前で……。となんの変哲もない小石が次々と集まり、日本に持ち帰ったK氏は、日本の石と並べて「世界の石庭」として飾りたて、ひとりで眺めては各地の想い出を甦らせた。

次の海外出張の折、K氏は何を集めようか戸惑った。小石のようにかさばらず、しかもどこにでもあるというものが、なかなかみつからなかったからである。ドイツのハンブルクに着いたK氏は、ホテルのフロントに教えられて、アルスター湖でボートをこいだ。ふと、手を水の中にひたすと、実にいい感触が得られた。

「そうだ。こんどは水を触って帰ろう」

そう考えたK氏は、各地の水に触れることを、今回の出張旅行の〝コレクション〟にしようと決心した。スイスでは、ヌシャテル湖の水。イタリアでは有名なトレビの泉の水。さらに世界音楽祭で有名なサンレモに飛び、地中海の水。ニースの海岸で波うちぎわで水に触れたK氏は、イギリスに飛んだ。ロンドンから約四〇分。リーディングに着いたK氏は、あの有名なテームズ河の上流が付近を流れていることを知り、そのせせらぎに手をひたして、テームズの水の感触を楽しんだ。そして最後はパリである。

パリといえばセーヌ河、人通りの少ない午前の時間を選んだK氏は、セーヌ河のほとりの階段を降り、川面にさがっている斜面に足をかけ、手をおろして水に触ろうとした。だが、斜面のコンクリートは水苔におおわれていた。K氏はすべり台ですべるように、背広ごとセーヌへすべり落ちた。

「どうせ落ちたのなら、泳いでしまえ」

背広姿でセーヌ河をひと泳ぎして帰ってきたK氏に、川辺で絵を描いていた若い男、編物をしていたおばあさん、日なたぼっこをしていたおじいさんが、かけつけてきた。おばあさんは洋服をしぼってくれ、絵を描いていた青年は車のブラシを持ち出してきて、背広についた水苔をおとしてくれた。日なたぼっこをしていた老人は、タクシー乗入れ禁止地区にもかかわらず、タクシーを呼んで早くホテルへ帰れとすすめてくれた。

こうしてK氏は、世界の水の感触を、最後のセーヌでは手でなく、下着から背広までたっぷり全身で味わうことになったのである。


（1983・12）

旅―ゼミ学生の見た中国

「ハリ麻酔の長所は判りましたが、欠点はないのですか」

学生から質問が飛ぶ。

「残念ながらあります。ハリによる麻酔は局部麻酔ですから、患者は完全に意識があります。したがって手術をされるという緊張感で筋肉が硬くなったり、あるいは恐怖感から神経が過敏になったりで、メスが使いにくくなることがあります。そうした場合は通常の全身麻酔に切り換えます。この点が欠点といえるでしょう」

日本の大学で医学を学んだ石先生が率直に説明してくれる。ここは上海の虹口中心病院、質問をぶつけているのは、慶大法学部政治学科で外交史を専攻する学生たちである。

「日本では医者はもうかるといわれ、医大とか医学部入学の競争も大変ですが、医学部卒業生が地方へ行きたがらないという問題もあります。中国ではどうでしょうか」

「中国でも医者の賃金は一般の労働者より上です。私クラスで約二〇〇元です。地方に行きたがらない傾向はわが国でもあります。北京、上海、南京など大都市を希望する者が多いので、上から地方勤務を命ずることもあります。その場合でもなるべく出身地に近いところになるよう配慮していま

す」

一般労働者の平均賃金が六〇元から七〇元であるから、五〇代半ばのベテラン医師とはいえ格段の収入である。「なるほど」、中国人の思わぬ人間くさい面に触れて学生たちはかえって安心している。

上海の名門復旦大学では日本語を専攻する学生たちとの討論会、慶應側二四人に対し、復旦大学側一六人が出席、全体で討論していてはタテマエ論しかでないと考えたわれわれは、二、三人ずつの小グループに分け、自由に話題を選んで話合うやり方をとった。

「日本の学生は海外旅行までできていいですね。われわれは国内旅行でも遠くへ行こうとすると公安当局の許可がいるし、金と時間があっても自由には旅行できないんですよ」

「ところで復旦大学では政治学習、思想教育の時間はあるんですか」

「週に一回マルクス・レーニン主義、毛沢東思想学習の時間があります」

復旦大学の男子学生の一人がこう答えるとたんに隣に座っていた女子学生がいった。

「でも何だかよく判らないの。あたし、あの時間嫌いよ」

男子学生がたしなめるが、女子学生は一向に動ずる風がない。それどころか、慶應の女子学生がお土産に持っていった「アンアン」と「ノンノン」の流行のファッションに目を輝かす姿が印象的であった。従来から急進的で知られる上海の学生の間にも非政治化の現象が確実に起っていることを示すエピソードであった。

非政治化の現象は映画、芝居などの娯楽面にもはっきりと現れている。訪中に当ってわれわれは「映画を観たい」と要望した。しかも中国映画と外国映画両方を希望した。長く文化的〝鎖国状態〟にあった中国人が外国映画にどう対応するか知りたかったからである。

会場を埋めた満員の観衆からフーッというため息が洩れた。無錫の労働者娯楽宮、映画はアガサ・クリスティ原作「ナイル殺人事件」。ため息は百万長者の令嬢が着飾って登場した時の反応であった。ナイル河を下る豪華客船を舞台にストーリーは展開する。百万長者の娘を殺して遺産を奪おうとするもの、宝石を盗み、その発覚をおそれて令嬢の殺人を企むもの……。登場人物それぞれに動機がある。相次いで起る殺人事件……。それを名探偵ポアロが鮮やかな推理で真犯人をつきとめて行くのだが、この映画には革命思想の一かけらもない。腐敗したブルジョワ思想だけである。しかし観客は単純に楽しんでいる。

日本から輸入された映画で大ヒットしたのは極めて娯楽性の強い西村寿行原作、高倉健主演「君よ憤怒の河を渡れ」であったことからも肯ける。南京で観た中国映画も一九六二年の製作、すなわち文化革命前の作品でお粗末な恋愛劇、ストーリーも単純、セットも手抜きがはっきり判る、日本なら途中で席を立ちたい位程度の低いものであったが、それでも超満員の観客は誰一人不満の表情を浮べなかった。曲芸、声帯模写、奇術などの雑技も政治色は一切抜き、人々が政治離れをし、エンターテインメント第一を望む姿勢が強く感じられた。

どこへ行っても聞かされるのは〝四人組〟批判であったが、毛批判も底流として流れていることが見てとれる。

団員の中の女子学生は揚州で誕生日を迎えた。街中を探しまわってローソクを買ってきた通訳、「中国ではバースデーケーキの代りに長生きをするようにと麺を食べます」といって特にうどんを食卓に添えてくれたホテルのコック……、「おめでとう、おめでとう」のお祝いの中でその女子学生はけげんな顔をしていった。

「今日は確か毛主席の命日の筈よ、中国の人達は朝から私の誕生日のことは何度も口にするのに、どうして毛主席の〝モ〟の字もいわないんでしょう。変だわ」

李先念副首相の「毛主席は過ちも犯したし神様でもない」との言葉を待つまでもなく、「偉大な指導者毛主席」のイメージは確実に中国民衆から消えつつある。同時に学生たちは「〝四つの近代化〟の行き過ぎで、鄧小平が明日失脚してもちっとも驚きませんよ」との感想を持って帰った二週間の訪中旅行であった。

（1980・5）

鈍行のすすめ

「これからどこへ行くんだい」

人なつっこそうなアメリカ人の中年夫婦が、ニコニコ笑いながら話しかけてきた。一九六四年八月、パリからイタリアへ向う車中のことである。

「ミラノへ行こうと思いましてね」

「われわれはベネチアへ行くところだよ。ミラノもいいが、ベネチアはもっといいぜ。どうだい、一緒に来ないかい」

「じゃ、そうしましょうか」

一人旅の気軽さ、たちまちにして車中で行き先を変更した。アメリカ留学中、ニューヨークとパリを往復する安い航空券があると聞きこんで、一枚手に入れ、さらに、三週間ヨーロッパの汽車に自由に乗れる「ユーレイル・パス」を利用して、一人でヨーロッパへの旅に出たのである。

国境を越えるととたんに言葉がかわり、駅で乗客が入れ替わると、服装が一変し、何時間か走り続けると風景が違ってくる。島国・日本で生活し、多少のなまりはあっても国民すべてが日本語という共通言語を話し、海以外に国境線をもたない日本人にとって、この汽車の旅は強烈な体験であった。

ヨーロッパの諸国が陸続きの隣国に、いかに警戒心をもたざるを得ないか、ナチス・ドイツが「電撃戦」によって近隣諸国の侵略に乗り出すことがいかにた易いことであったか、フランスにおける抵抗運動がなぜ可能だったか……などが三週間の汽車の旅を通じて実感として理解できた。

車中で会ったアメリカ人夫婦のすすめで、水の都・ベネチアを訪れた私は、キャサリン・ヘップバーン主演の『旅情』の主人公よろしくゴンドラに乗り、船頭の歌うカンツォーネに耳を傾けた。以後ヨーロッパは何度か訪れる機会があったが、いずれも飛行機、時間の節約にはなっても、旅をした実感にはほど遠いあわただしい旅程をこなしたにすぎなかった。

汽車の旅、特に各駅停車の鈍行の旅にはさまざまな発見がある。窓を開けて買う名物の駅弁、その土地の特産品、なまりのある駅のアナウンス、車窓から見える街並みにいたるまで、生きた〝社会科の教科書〟である。

日本で二年間過したアメリカ人一家が、韓国のソウルへ転勤になった。飛行機で行けば二時間ちょっとのところを、彼らは東京から下関、下関から釜山、釜山からソウルと汽車、船、汽車と乗り継いで三日がかりで移っていった。

「飛行機で行けば楽ですよ。だがね、子ども達はどう思いますか。二時間足らずでいきなりよその国へ行ってしまう、これではいけません。世界が広いことを子どものうちに知るのはいいことじゃありませんか。下関から船に乗る時、これで日本を離れると実感し、釜山からソウルまで汽車の中で韓国人と朝鮮語に接して、ここはもう日本ではないんだなと体で感じることが大事なんです」

このアメリカ人は二年間の東京生活で日本語がペラペラになった七歳と六歳の子ども達を見ながら、しみじみと語るのだった。

（1980・5）

旅—ミス・ジャパンと過した五日間

大英博物館の貴重書を閲覧するため、大使館の紹介状が必要とあって、ロンドンの日本大使館を訪れた。一九六四年一一月のことである。文化広報担当の係官は、こういった。

「紹介状は書いてさしあげます。ところでちょっとお願いがあるんですが、実は当地であさってから行われるミス・ワールドのコンテストに、日本代表が来ています。一人で来て困っている様了で、大使館になんとか面倒を見てくれと連絡がありましたが、こちらも公務で極めて多忙です。で、恐縮ですが、先生ホテルへ行って様子を見てきてくれませんか」

えらいことになったと思った。ミス××というイメージからすると、グラマーで大柄で美人であることを鼻にかけている鼻もちならない女というイメージが先にくる。しかし、大使館の依頼もあり、なかば興味もあったのでホテルを訪れた。するとガードマンがアポイントメントがないと会わせないという。日本大使館から依頼されてきたと名刺を出すとようやくとりついでくれた。

フロントで待っていると、出てきたのは予想に反して和服を着て小柄な可愛らしい感じの女性であった。訳を聞くと、その年は東京オリンピック、オリンピックさわぎに忙殺され日本ではミス・ワールドの予選をする時間もなかった。しかし、オリンピックの開催国なのに誰も送らないというわけにはいかない。彼女の父親が大阪の市長と知り合いということもあって、「お宅のお嬢さんを是非送ってほしい。行けば日本航空のロンドン支店と日本大使館が全て面倒を見てくれるから」というので出てきたということだ。しかし空港に迎えに来たのは日本航空の現地職員、大使館も本省から連絡が来ていないからと、こちらに依頼するような始末で、何も面倒は見てくれない。

「もう寂しゅうて帰りとうて……」

大阪の大きな問屋のお嬢さんである彼女は初めて経験する海外旅行と、期待が裏切られた寂しさに泣かんばかりの風情である。ミス・コーリアと同室で日本語のわかるミス・コーリアの付添人が一応面倒をみてくれているのだが、「ミス・ジャパンは昨日からほとんど食事を食べていないのよ。この人、病気になっちゃうかもしれない」という。ミス・コーリアの方は、海外に行ったらわれわれは助けてくれる人なんて誰もいないんですから、とにかく気持ちをしっかり持ってという意気込みで出てきたのに対し、ミス・ジャパンは面倒を見てもらえるという前提で来ている。心構えが違うのだ。

「今、何が一番困っていますか」

「食事が全然のどを通らないんです、特に洋食が全くだめで」

「では、日本レストランがありますから食事に行きましょうか」

「いいえ、外出禁止です」

ミス・ジャパンは様子がわからないまま、いつ集合をかけられてもいいように、部屋の中で和服を着て待機しているつもりらしい。

「では、こうしましょう。ぼくが日本料理屋に行って、何か作ってもらってきますから待っていて下さい」

現在でこそ、ロンドンにも日本料理屋は何十軒とあるが、当時はほんの二、三軒。そこへとびこんで事情を話し、簡単な折詰弁当をつくってもらってホテルへ引き返した。

こちらもロンドンでの研究の計画もあり、つきっきりで世話をする訳にはいかない。そこでロンドン東銀の支店長婦人に世話を頼み、コンテストは無事終った。はじめからミス・ワールドになる野心などさらさらなく、大阪市長から頼まれて出てきただけに、役目を無事果したということで、ようやく彼女にも元気がもどってきた。

「これからどうするんですか」

「パリ、チューリッヒ、ローマとまわってローマから香港に行くと、父が迎えに来ることになっています」

「その間、ずっと一人ですか」

「そうです。大使館と日本航空の各支店が面倒を見てくれるということなので」

「それは危険ですね。現にロンドンだってほとんど何もしてくれなかったじゃないですか」

ロンドン滞在中面倒を見てくれた東銀支店長夫人はいう。

「このお嬢さん一人じゃ、とっても心配で出せません。せっかくだから池井さん一緒に行ってあげなさい」

こうして、パリ、チューリッヒ、ローマとなんとミス・ジャパンのボディガードを務めることになったのである。幸いパリでは、慶應の仏文科のOBである日本航空の職員が街をくまなく案内してくれた。特に「パリの夜は一〇時過ぎに始まるのです」と、深夜まで小さなシャンソンの店など、通常の観光客が行かないような所まで見せてくれた。昼間はシャンゼリゼ、モンマルトルなど勝手知ったる所を二人で歩いた。当時まだ海外旅行は自由化されていなかったが、少数の日本人と街で出会う。

「新婚旅行ですか」

日本舞踊の名取である彼女は、パリの街も和服で、帯を矢の字にしめ、楚々とした姿で歩くと目立つ。

「いえ、新婚旅行でなく、ボディガードです」
「それにしてはあまりお強そうじゃありませんな」
パリからチューリッヒに移ると、ここでも慶應出の日本航空の支店長が歓待してくれた。だが、スイスの名物料理、肉とチーズで食べるフォンデュを食べている最中、彼女は突然気分が悪くなり、食べたものを皆もどしてしまった。
熱まで出てきた。まさか独身男性が彼女の部屋で看病する訳にもいかず、日航支店長のつてで医者を呼ぶと同時に、現地でガイドをやっている日本人女性に一晩ついてもらうよう手配した。医者は「インフェクシャス・ディジーズ」ではないかという。ご存知のようにチューリッヒはドイツ語圏だ。こちらはドイツ語ができず英語で話すのだがどうも要領を得ない。インフェクシャス・ディジーズは伝染病だ。だがこちらの素人考えでは、ロンドンの気づかれと、パリの夜の案内による寝不足がたたっての過労が原因だと思われた。幸い、二日休むと彼女はすっかり元気をとりもどした。小柄で細いが、普段から日本舞踊で鍛えていたからでもあろう。

こうしてローマを見物し、コロセウムの前で写真など撮り、レオナルド・ダ・ヴィンチ空港で香港行きの飛行機に乗せてこの役目を終った。

これで二人が恋におちれば、平凡なラブストーリーである。だがこちらは大学の助手、まだ簡単に結婚できるような身分ではないし相手は関西の問屋のお嬢さん。住む世界が全く違う。そんなことから、五日間行動を共にしながらそうした感情はおこらなかった。

だがこれには後日談がある。現在の家内と結婚し、新婚旅行で大阪に行った折、彼女に電話してみた。

「まあ、結婚しはったんですか。おめでとうございます。実は私も池井さんのよう知ってはる方と婚約致しましてて」

「僕の知ってる人、誰ですか」

なんと彼女の相手とは、パリの街を夜中までくまなく案内してくれた日航の社員であった。

水上温泉と誉国光

一年に一度は上州水上温泉に出掛ける。

といっても、湯治、家族サービスの類ではない。ゼミナールの学生を連れての合宿である。水上温泉でも一番古く格式のある水上館に合宿の場を定めたのは一〇年前のことであった。三年、四年合せて二五、六名の学生に大学院生、それに指導教授の私が加わって三〇名位が毎年三泊四日の合宿を行うのである。テーマを定め、グループに分け、パート別討論会、全体会議と進んでいよいよ最後の晩がやってくる。

大広間に並んだご馳走を前に地元の先輩による地酒の差入れが披露される。

「今年も先輩からいつもの誉国光《ほまれこっこう》を頂戴しました」

合宿委員から報告があると思わず学生達から拍手が起る。つい先程まで「日米航空交渉における日本外務省の対応はだな……」と口角泡を飛ばして議論していた連中も、この旅館の名物水晶風呂に入って生き返ったような顔でお膳に向っている。

「では今回の合宿の成功を祝し、ゼミの発展を祈ってカンパーイ」

その声を皮切りに、誉国光による酒盛りが始まる。

「学生に飲ませるのはもったいないよ」とぶつぶついいながら手酌でやっているのは酒好きの大学院生。

その内に女子学生が、

「先生、いかがですか」と銚子を持って席にやってくる。

「この酒は悪酔いしないから、君達も一杯どうだい」

「いただきます」

最近の女子学生は酒の強いのが多い。

「ああおいしい」

ほんとうに旨そうに飲む。カラオケ、声帯模写、ラインダンスなど多芸振りを披露したコンパが応援歌の大合唱を最後にお開きになると、各自部屋へ帰って合宿最後の晩を飲み明かし、語り明かすことになる。

誉国光は誕生してから一〇〇年余、谷川岳に近い穂高山系の水に恵まれ、精米に工夫をこらして出来たこの地酒は、極めて評判がいい。

川端康成氏の「雪国」の跡を求めて旅した五木寛之氏が駒子のような女性にも口に合う酒にも出会えず、群馬県へ入って「やっといい酒にめぐり合ったよ」と激賞したのが、この誉国光であったという。

普段はあまり酒をたしなまない私ではあるが、年に一度の水上合宿におけるコンパとその時に接する誉国光の味だけは、個性あふれるゼミ生と共に「私の旅の酒」である。

（1983・12）

第三部　身辺雑記

逃げた小鳥

子供が飼っていたオスのインコが逃げた。ヒナの時から育てた黄色いメスが大きくなったので、一羽ではさびしかろうと、子供がクラスの友達から貰って「婿入り」した青いきれいなオスだった。はじめは気の強いメスに突っつかれ、かごのすみで小さくなっていたが、やがてメスに卵が生れると、猛然と父性愛を発揮しはじめた。母親となったメスに口移しに餌をやる、卵を抱くのが嫌いで外へでてくるメスに早く小屋へ帰れと促す、人や犬が近づくとかつての気の弱さはどこへやら警戒心をむき出しにしてむかってくる、ひなが孵《かえ》ると母親と一緒にせっせと餌を運ぶ……といった頼もしい父親ぶりに家族一同感心して眺めていたものだった。

そのオスが、子供が水を取り換えようとかごの戸を開いた途端に飛び出し、ガラス戸のすき間をするりと抜け出して、隣家の屋根を越えてあっという間に飛び去ってしまったのである。

「家庭で飼う時は、羽根を切って飛べなくしておくものですよ」と注意されたこともあったが、なんとなくかわいそうで、そのままにしておいたのが、〝逃走〟を容易にさせることになった。

妻子を捨て、「自由の世界」へのがれていったオスのインコは今ごろどうしているのであろうか。小さい時から、人間の手で育てられ、餌と水は与えられるもの、いつもあるものという生活にならさ

れてきた一羽のインコにとって、春まだ浅い「外界の生活」は意外にきびしいのではないか。

電気、ガス、水道、食料品のあることが当然な文明社会の人間が、いきなり原始社会にほうり込まれ、食糧の自給自足をやり、雨露をしのぐ宿を見つけるのに難渋しているのと同じことが、インコにも起っているのではないか。

「いやいや、人間と違って小鳥はもっとたくましい、簡単に新しい環境に順応するさ」という人もいる。

そうした折、雀の群れにまじって野鳥化したインコが庭先で餌をついばんでいるのを見たと近所の人が教えてくれた。

「うちのやつかもしれない」、それ以来雀の群れを見ると、中に毛色の変ったのが一羽いないかと「青い鳥」を探す日が続いている。


（1977・3・10）

逃げた小鳥その後

「過日新聞紙上で『逃げた小鳥』拝見しました。わが家でも仲むつまじかったつがいのインコのオスが、水を取り換えるすきに逃げ、残されたメスはその日から餌も食べず、水も飲まず、二日目に冷たくなって死んでいました。人間も及ばない夫婦愛に感動するとともに、あまりの哀れさに、その後動物は金魚一匹飼う気がしません。お宅様の残されたメスはどうしているか、知りたくてペンを取りました」

メスとひなを残して飛び去ったオスのインコの行方を案じた拙文に対し一読者の方から右のような手紙をちょうだいした。

拙宅のメスは「蒸発した夫」を慕って感傷にふけるより、残されたヒナ鳥の飼育に全力を尽す「肝っ玉かあさん」ぶりを発揮し、遺児たちも順調に育っているとお手紙の主にお伝えすることができたのは幸いであった。

この出来事をきっかけに、動物を心から愛する人々がたくさんいることを知った。

知人の家のビーグル犬がある朝失踪した。朝のつかの間、ちょっと鎖をはなしたすきにいなくなった。一家をあげて近所中探し回った。町内会からガリ版の道具を借りてなれない手つきで「尋ね犬」

のビラ三〇〇〇枚を刷って、新聞の販売店に依頼して朝刊と一緒に近隣に配ってもらった。野犬狩りで捕われたかと保健所、警察にも手配した。方々から連絡が入る。

「お宅の犬に似たのを見かけましたが……」

「保健所ですが、今日捕まった中にはお探しのに該当するのはいないようです」

「ビラを拝見しました。いいお知らせはできないのですが、愛犬家の一人として、お気持ちを察すると、黙っていられなくてお電話差し上げました」

受話器を通して流れてくる慰めの言葉に、受ける方も、かけた方もポロポロ涙を流しながら語り合う。事情を知らない人から見れば、たかが犬一匹のことで見ず知らずの他人同士が涙を流し合うなど異常かもしれない。

失踪三日目に朗報がもたらされた。庭を抜け出したビーグル犬は、道路でガス工事をしていたオジサンたちにくっついてはるか離れた土地で、迷い犬や捨てられた動物たちの面倒を見てくれることで有名な親切な警官に保護されていたのである。

人々の愛情に包まれてビーグル犬シェリー嬢は四日ぶりに家に戻った。

「どうしてそんなに犬をかわいがるんですか」と聞かれて、ある人は答えた。

「愛情をかけても人間は裏切るけど、動物は裏切りませんからね」

（1977・4・1）

ヒヨドリが巣立った

青葉台の自宅の狭い庭の木にヒヨドリが巣をつくっているのを知ったのは、六月半ばのことだった。植木屋のおじさんが「こんな所に鳥の巣がありますぜ」と、木の刈り込みの最中に教えてくれた。巣の中にはひなが一羽、枝が払われ巣をおおいつくしていた葉が取り除かれるのを不安そうに見ている。

気が気でなかったのは、ひなよりむしろ親鳥の方であった。植木屋が仕事をしているためエサをやりに巣に戻れず、近くの電線に止ってギャアギャアと鳴きたてた。長梅雨の影響もあり、育つ前に雨によって病気になるのではないかと心配したが、ひなは親の運ぶエサで順調に育っていった。

ある朝、家内が大声をあげた。巣から落ちたひながヨチヨチと庭を歩き回り、それをわが家の犬が追いかけているのだ。ウチの犬は生来おとなしい上、飼って一四年目になるため、走ることもできず朝夕の散歩もヨタヨタ歩く文字通りの老犬である。

その老犬が野性に返った目つきでヒヨドリのひなを追いかけ、前足でかまってみたり、軽くかんだりしている。庭に飛びおりてひなを抱き上げると、羽の下から血が流れている。シーツにくるんで、この一〇年以上犬が病気やケガ、予防注射などの場合お世話になっている獣医のところへ慌てふためめいて連れていった。
獣医の先生は「ペットの場合は治療費をいただきますが、野生の鳥ですし自然に返すのですから無料で結構です」と、どうしても治療代を受け取ってくれなかった。巣に戻して五日目、ひなは親鳥とともにどこかへ飛び去った。狭い〝二DK〟クラスの巣から大きな森の〝四LDK〟のゆったりした巣に変ったのかもしれない。

（1989・8・2）

家出犬探し

わが家の犬がいなくなった。へいと金網の柵に囲まれ、出られるはずがないのだが、近所への落雷に驚き、背の高さの三倍はある石垣と金網によじ登り、隣家の庭からどこかへ消えたのである。落雷に次ぐ豪雨で、犬の家出に気が付いたのは、いなくなってから三時間後であった。自転車と車で近所を探し回った。かつていなくなった時発見された場所を中心に探したが、見付からない。娘は半泣きになって心あたりに次々と電話をかけたが手掛かりはなかった。

一夜明けて、対策を練った。

一、保健所、交番に電話する――野犬狩りで捕えられたとは思わないが、何か情報が得られるであろう。

二、近所の電柱、駅などに写真入りで「尋ね犬」のポスターを出す――遠くへ連れ去られたのでない限り、誰か見かけた人が連絡してくれるかも知れない。

三、近所の犬猫専門の獣医、病院へ連絡する――職業がら、迷い犬、迷い猫についての情報を持っているに違いない。

早速一、二、三を実行に移すことにした。駅に尋ねるとタテ七一センチ、ヨコ五一センチ以内のポスターなら一枚でも可、一週間駅構内に掲示して料金は八〇〇〇円だという。

早朝から「家出犬」とマジックインクで書いたポスターを作りはじめ、八時半を過ぎたところで保健所と、犬猫病院に電話をかけた。

「あっ、その犬ならいますよ」

二軒目にかけた犬猫病院から返事があった。丸一日家をあけて心配したのが嘘のような意外なほどあっけない幕切れであった。

落雷におびえて普段なら越えられるはずのないへいと柵を乗り越えて外へとび出したわが家の犬は、大雨の中を濡れながら、あちこち歩き回ったらしい。ぐしょ濡れになって長い毛を体にはりつけるようにして道路を歩いている姿を見て、犬好きの商店主が呼んだところ、店の軒下に入ってきたという。

「お天気になったら散歩に連れて出ようと思ったんです。自宅の方へ行くと思ってね、でも雨がなかなかやまないでしょう。家にも犬がいるし、知り合いの獣医さんに一晩あずかってもらおうと思ってお願いしたんですよ」

人のよさそうなこの商店のおばさんはわざわざ雨の中を獣医の所までわが家の犬を運んでくれたのだという。

手土産を持って引きとりに行った家内と娘に獣医さんはいうのだった。

「家出、迷い子の犬、猫をあずかることは多いんですよ。でも本気で探す人は一〇人に一人位ですね。ここにいる犬なんかもう一カ月以上になるのに引き取り人が現れないんですから。勿論、ここであずかっていることは保健所にも連絡してあります。そうそう、帰ったら首輪に電話番号を書いておいて下さい。そうすればいなくなっても連絡できますから……」

先ごろ静岡県では、野犬対策として国道沿いに「ドッグポスト」と銘打ったイヌの捨て場を五〇〇万円を投じて作り、三月に開設して以来、一日平均三・五匹が捨てられ、青酸ガスで処理されるか、実験用として製薬会社、大学などに送られて行くという。

「無責任な飼い主の便宜を図るような施設を自治体がつくるのは行き過ぎ」との声が上がり、動物愛護団体も撤去を求めて動き出したというが、子育ても満足に出来ない人々が多い今日、動物の飼い方のＡＢＣが分らない人がいても不思議ではない。

（1983・7・11）

動物愛護

過日、西下して大阪を訪れた折、駅前で個人タクシーをひろった。

「阪大医学部までやってください」

そう告げてからみると、運転手は女性である。しかも車内には「犬や猫を捨てると三〇〇〇円以下の罰金に処せられます」と書かれた手作りのポスターが掲げてある。

女性運転手であることに加え、タクシーの車内に手作りポスター。これはおもしろいと思った私は、いろいろと聞いてみた。

「運転手さん、どうしてこんなポスターをかけているんですか」

三〇を少し過ぎたと思われるこの女性運転手は、よく聞いてくれたといわんばかりの口調で話しだした。

「最近、犬や猫を無責任に飼う人がぎょうさんおりますやろ。都合のいい時だけ可愛がっておいて、負担になってくるとどこかへ捨ててしまう。そんなことをさせたらあかん思うて、この運動をやってますのや」

聞くところによると、この運転手は大阪の動物愛護協会の支部長をやっているという。

「今一番力を入れているのは避妊手術の勧めですわ。犬や猫が子供を産んで、特に雑種の場合なかなかもらい手もない。それなら最初から子を産まんよう避妊の手術をした方がええ思いまして、特定の獣医さんと話し合って避妊手術を受ける人のために愛護協会から補助金を出すようにしています。うちの猫や犬にも手術をやりましたが、〝痛かったやろ〟〝ごめんね〟とあやまってる始末ですわ。でもゾロゾロ子が生れて処置に困ったり、皆さんに迷惑をかける位やったら、手術をした方がええのとちゃいますか」

「運転手さん、家にも犬がいるんだけれど、近いうちに一家で外国に一年出る場合、どうしたらいいですかね。犬好きの知り合いに頼んであずかってもらうのが一番だけど」

「動物に対して愛情のない人に飼われるほど可愛そうなことはないですよ。もし適当な方が見つからなかったら、ご近所の動物愛護協会に相談して下さい。そこできっといい人をみつけてくれますから」

人間が犬、猫、牛、馬などの動物を飼育しはじめたのは、はるか昔にさかのぼるが、動物を野生に近い状態で飼う段階から、次第にペットすなわち愛玩用にしはじめ、今日では犬の美容院、クーラー、テレビ付のペットホテルまで誕生するにいたった。本来外で走りまわる動物達は、人間の手によって外見は美しく飾りたてられたものの、本来の機能を失い、胃かいよう、虫歯、ノイローゼまで生ずるにいたった。

「自分の家を守ってくれたり、シッポをふったり、ノドをならしたりして、親愛の情を示してくれる犬や猫を十分な運動もさせんとつなぎっぱなしにしたり、家の中に閉じこめておくのは、人間として恥ずかしいことです。いま、家には犬が四匹と猫が六匹おりますが、あの子達には、一度だってエサに手を抜いたり、散歩させなかったりしたことはありません」

飼っている犬や猫を「あの子達」と心から愛情を持っていることがありありとわかる呼び方をしたこの女性運転手は、「あの子達のエサ代をかせぐために、今日も頑張らなくちゃ」といいながら、手慣れたハンドルさばきでタクシーをUターンさせ、阪大医学部の前から小雨のけむる大阪の街へと消えていった。

（1981・6・15）

脱げば一万円？

根っからの野球ファンである。いや、野球キチガイである。キチガイは「差別用語」だから、使わない方が良いといっても、「お前には他の表現があてはまらないんだから、仕様がない」と古くからの友人は言う。

第一に、見るのが好きである。プロ野球、大学野球、高校野球は言うに及ばず、街のグラウンドで草野球をやっていても、思わず足を止めて、金網ごしにプレーを見、あの程度なら「オレの方が上だぞ」などと、ほくそえんだりする。バスや電車に乗っていても、窓の外にグラウンドが見え、草野球をやっていると、動き出す前のわずか一瞬の間に、早く打ってくれないか、ランナーがいれば、盗塁してくれないか、とイライラして見ている。

テレビ観戦も欠かさない。高校野球の時などは、午前二試合、午後二試合、さらに、夜はプロ野球のナイター中継まで見て、深夜のプロ野球ニュースで締めくくると、一日一一時間以上、野球を見続けたということさえある。

第二に、やることが好きである。特に体に恵まれたわけでもなく、運動神経も人並みよりちょっと上という私にとって、甲子園、神宮は縁がないと最初からあきらめ、小学校時代から草野球一本。

ただ、自慢してもいいのは、現在でも、現役でプレーしていることである。全日本軟式野球連盟加盟の区民大会のAクラス。さすがに試合で大活躍というわけにはいかないが、遊びの軟式野球なら結構いけるし、学生相手のソフトボールなら、外野に長打を飛ばし、一、二塁をまわって三塁にすべりこんでも、まだ息が切れるというほどではない。

一年間、アメリカのミシガン大学で客員教授として過した折も、地元のソフトボールチームに入れてもらい、唯一の〝外国人選手〟として、マッシー・イケイの名で、地元の新聞に名前が載るなど、三五年に及ぶ日本草野球の成果をアメリカでも披露した。

第三に、読むのが好きである。大リーガーの伝記、日本の名選手、名監督の回顧録はもとより、名勝負、球界裏話、さらには各球団の歴史、大学、高校の部史まで、三〇〇冊をこえる野球書を、新刊書を買ったり、古本屋で集めたりして、本棚に並べている。過日、引越しの際、野球好きを自称する運送屋さんがつくづく言った。

「しかし、ダンナも好きだね。野球の本だけで、段ボール箱に六箱ありますぜ」

第四に、書くのが好きである。専門が日本の外交史だから、そこに野球をあてはめて、日米野球交流史を書き、慶應野球部の歴史を尋ねて、早慶六連戦、リンゴ事件など、思い出に残る名勝負、名場面を、当時の資料と関係者へのインタビューで再現し、アメリカへ飛んで、元日本で活躍したスタンカ、バッキー、スペンサー、アルトマン、ジョンソン、ホプキンスを追い、彼らの現在の生活ぶりと日本の思い出をまとめて本にしたり、専門の外交史関係の本と翻訳は三冊しかないのに、野球関係の著書は、すでに九冊を数える。

ただし、野球に打ち込むためには、他のことを喜んで犠牲にする。まず、ゴルフ、麻雀の類《たぐい》は一切やらない。煙草も吸わないし、酒もほとんど飲まない。

ここまで入れ込むと、野球についてのエッセーを書いてくれと依頼がくる。野球について何か話をしてくれと講演の依頼がある。野球をテーマにした番組のテレビ出演へのお呼びがかかる。と、思わぬ人々と会うチャンスも開けてくる。

先日も全国にネットワークを持つテレビの番組で、かつての大選手野村克也さんと一緒になる機会があった。スタンドから彼のユニフォーム姿にあこがれていた私は、この時に限り全く逆の立場をとることになった。野村さんは背広姿、私は詩人の清水哲男さんと草野球代表として、ユニフォーム姿で登場したのである。

先日、ある雑誌が「私の趣味」と題してユニフォーム姿の写真を撮りたいと言ってきた。グラビアに出、後日五〇〇〇円が「モデル料」として送られてきた。

「先生、全部脱げば一万円ですよ」

ゼミの学生が大笑いして言った。

（1984・1）

健康法

「健康法は何ですか」とよく聞かれる。

胃潰瘍を患って二回の入院生活を経験してから特に健康に気をつけるようになった。酒もほとんど飲まず、たばこもすわず、規則正しい生活をしていたのだが、海外で過した時の零下二五度をこえる寒さと、雪道での車の運転と、英語で授業をやったことがストレスとなって胃にはねかえってきたのだ。

目下の健康法は時間を決めた食事と、適当な運動と睡眠である。

朝食はパンと牛乳、野菜を中心に軽くすませる。昼は学校の食堂か通勤途中のデパートの名店街ですしを買うなどして、それなりのものを食べる。晩は肉、魚、そして野菜を十分まじえた家内の手料理を、ウイスキーのお湯割りを一杯飲みながらゆっくりとすます。ただ食事の際、気をつけなければいけないことは、腹八分目にすることだ。戦時中と戦後のひもじい時代に育ったせいか、残すことに抵抗がある。したがって、外のレストランで食事をする場合でも、ご飯は半ライスにしてもらうようにしている。大学の教職員食堂のウェイターは慣れていて、こちらがいわない先から「ご飯は少なめでございますね」といってくる。

二番目の適度な運動は、水泳と野球だ。夕方、三点セット、すなわち金属バット、タオル、水着を持って車で家を出る。車で五分程のバッティングセンターでコインを三枚買う。コイン一枚で二五球、すなわち七五球を打ちこむのだ。ただやみくもに打つのではなく、場面を想定すると試合に役立つ。ノーアウト・ランナー一塁、ここはヒット・エンド・ランのケースだ。となるとライト方向へ流し打ち。九回裏、同点で、2アウト満塁、ボールカウント、2―3。となればバッティングセンターでも高めにくれば見逃すこともある。試合ならば押出しのフォアボールだ。

バッティングセンターからスポーツクラブへ向う。シャワーを浴び、準備体操を少々して、温水プールに入る。二五メートルを平泳ぎでゆっくり泳ぐ。疲れてきたら無理をしない。プールの中を歩くのだ。間違っても、隣の小学生がすいすい泳いでいるからといって競争しようなどという気を起してはならない。約二〇分、泳いだり水の中を歩いたりして体がほぐれたところでサウナに入る。汗をたっぷりかいて水のシャワーで流し、これを二回くり返す。気分は爽快になる。そして、シーズン中は、月に二回ほど草野球かソフトボールを楽しむ。

第三は睡眠だ。どうしても夜のニュース番組などを見ると一二時近くになる。寝床で本を読まないと寝つけない性質だから、一〇分ほど本を読み、スタンドを消して目をつぶる。朝七時半までほとんど目が覚めることはない。徹夜などはもってのほかだ。かつては原稿の締切りに追われ徹夜をしたこともあったが、最近は翌日どころか、二、三日後遺症が残る。したがって締切りに追われるような無理な仕事は避け、十分に時間の余裕をもって机に向う。

十数年悩んだ胃潰瘍もようやく克服し、還暦をすぎて健康な毎日がもどってきた。

フリーウェイ・ハイウェイ・雪道

生まれて初めて高速道路を経験したのは一九六四年一月、東京オリンピックの年であった。ニューヨークのコロンビア大学に留学が決り、ロサンゼルスで飛行機を降りた私はロサンゼルス郊外の南カリフォルニア大学に旧知のB教授を訪ねた。B教授は今後一年間過す予定のアメリカでの留学生活の相談にのってくれるとともに、ロサンゼルス郊外を車で案内してくれた。

日本を出発したのが一月であったから、東名高速も首都高速もまだ開通していない。それまで道路といえば、信号で車が止るものだと思いこんでいた私にとって、ノンストップで時速八〇キロ以上のスピードで走るカリフォルニアのフリーウェイは、まさにカルチャーショックであった。当時、日本車などは影も形も見えず、片道四車線のフリーウェイを吸いつくような安定感で走る大型車に、犬まで乗っているのを見て、アメリカの豊かさを改めて痛感したものだった。

この時の一年間の滞在でアメリカ野球の魅力にとりつかれた私は、一九七六年、フリーカメラマンのK氏と共に、西海岸のサンディエゴから東海岸のボストンまで、大リーグとマイナーリーグを追う旅に出た。何時間走っても砂漠にサボテンしかはえていないアリゾナ、「フリーウェイの入口はどこ」と聞いて「東海岸にはフリー(無料)の高速道路なんてないのさ。あるのは有料のハイウェイだけだよ」と笑われたニューヨーク。豪雨の中、他の車が雨の通り過ぎるのを待って道路脇に駐車しているのを尻目に、〝大和魂〟で運転、ブレーキをかけたところ道路上で車が二回転し、肝を冷したニュージャージー・ターンパイク等々、アメリカの高速道路ではいろいろ経験した。

アメリカでの道路の想い出はフリーウェイばかりではない。冬の雪道のこわさも経験した。一九八一年から八二年にかけて、デトロイトの郊外、ミシガン大学に客員教授として赴任した私は、今世紀最悪という寒さに遭遇した。気温は零下二五度まで下がった。当時デトロイトの自動車産業は不況にあえぎ、それが市の予算にも影響してきた。財源がないため、必要不可欠と思われるもの以外への支出は次々とカットされていった。そのひとつが、脇道の除雪である。メインストリートは、危険防止の意味もあり、除雪作業を行い、融雪剤も散布するのだが、脇道は放っておかれた。

雪が降り、寒さのためにコチコチに固まり昼間ちょっと太陽でも出ようものなら、夕方四時頃から脇道は全てアイススケートリンクのようになった。その上での車の運転は、危険きわまりない。ハンドルを切っても車が思った方向にターンせず、木の根方の雪の固まりにつっこんだり、ちょっとした登り坂で一旦停止すると、アクセルを踏んでも車輪が空転し、前進しないなどの出来事が毎日のように起った。神経をすりへらしたあげく、おみやげに日本に持ち帰ったのは胃潰瘍であった。

アメリカの道路の想い出は尽きない。

（1998・3）

クレジット・カード

「お支払いはパーソナル・チェックですか。身分を証明するものを二種類ご提示下さいませんか」店員が二種類というところに力を入れて言った。ここはミシガン州アナーバー市、人口一〇万のアメリカ中西部の典型的な中都市である。

一九八一年から八二年にかけて、自動車の街デトロイトから車で約五〇分の距離にあるアナーバー市に一年間滞在。ミシガン大学客員教授として過すことになった際、到着した翌日に早速手続きをしたのは、銀行口座の開設と個人小切手帳の作成であった。

周知のようにアメリカ人は現金を持ち歩くことはしない。海外で日本人旅行者が襲われるのは、多額の現金を身につけていることも一因である。アメリカで生活するとなると、新聞代の支払い、家庭教師の謝礼、スーパーマーケットの買物、車のガソリンにいたるまで小切手で済ます場合が多い。

しかし小切手を使ってデパートで買物をする場合、あるいはアナーバー市を離れた土地のホテルに宿泊するような場合、必ず身分を証明するものの提示を求められる。日本人ならパスポートを見せればそれで十分だと考える。

「二種類ご提示下さい」といわれると信用されていない気がしてあまり愉快ではない。

「写真の貼ってあるパスポートでまだ不足なんですか。日本国外務大臣が保証しているのに……」といっても相手は「当店の規則になって居りますので悪しからず」と譲る気配もない。それに加え、パスポートをいつも持ち歩くことは、万一紛失した場合再発行に時間がかかり、考えものである。ミシガン大学で出してくれた図書館の入館券、それにアメリカで取得した車の免許証で何とか身分を証明するものを二種類整えることにしたが、「小切手社会」アメリカで小切手を使うことに大きな制約があることを知ったのである。

では、アメリカでもっとも信用度が高いものは何か。それはクレジット・カードであった。買物をする場合、カードなら別に身分を証明するものの提示も要求されず、逆にパーソナル・チェックを使う際身分証明書の代りになることすらわかった。小切手は銀行に預金がなければ不渡りとなるリスクがある。しかしカードは会社が保証するから、受けとる側は安心感があるのである。

アメリカでドル紙幣用の札入れを買うと、カードを入れるプラスチックあるいはビニールのケースがついている。それも一枚や二枚ではない。四枚も五枚もカードが入るようになっている。「なぜこんなにカード用のケースがついているのか」、そんな素朴な疑問は、カードが最優先するアメリカ社会であれば当然だということが、生活してみてはじめてわかったのである。

（1984・9）

詐欺

「もしもし、池井先生ですか」

「池井ですが」

「カツラさんのお父さんですね」

千葉県の主婦と名乗る人から研究室宛に電話がかかってきた。慶應の池井教授の息子池井カツラと名乗る人物に七万円貸し、今日返済の予定になっているが現れないので電話したという。

「ウチにはカツラなどという子供はおりません。娘だけで息子などおりませんよ」

「アッ、やっぱり詐欺にひっかかったんですね」

とがっかりした千葉県の主婦は電話で話しはじめた。

「実はパチンコ屋で知り合ったんだけど、僕の父親は慶應の教授なんだ、僕があんまり勉強しないでぐたぐたしていたんで勘当になったんだけど、今度勘当を許されて四月から就職することになったんだよ。ところで……と七万円貸したんですよ。歳は三十過ぎ、口のうまい人でね」

この主婦は私の年齢と声を聞いて三〇を過ぎた息子がいるはずがないとわかったらしい。

三年前にも池井操子と称する女性が私を父に仕立て保証人としてクレジット契約を結び何軒かの貴

金属店、婦人服専門店からアクセサリーと洋服を購入、支払い期限が来たが払い込みがないとして、保証人宛請求書が来たことがあった。厳重に抗議した結果、クレジット会社は「何かの間違いでした」と自分達の不手際が表に出ることを恐れてそのままひっこんだが、今度はカツラと名乗る男性である。

この一カ月、自宅に「カツラさんいますか」と二、三度電話があり、その都度「ウチにはそういう人はいません」と何かの間違いかと思っていたが、実際に被害者が出たとあっては気分が悪い。口車に乗せられて七万円をだましとられた主婦も主婦だが、「慶應の池井教授の息子」と名乗って〝池井カツラ〟と称する男が今日もどこかで詐欺を行っているのではないかと考えると不愉快きわまる。

だが慶應の教授の息子という〝肩書〟がものをいって主婦がへそくりを取られたところをみると、慶應義塾が世間で高い評価を受け信用されている証拠かも知れない。

（1991・5）

落語

学生時代、落語に凝った。

落語を聞き、落語の本を読んでいるうちに自分でもやりたくなった。慶應の落語研究会に入会したのは大学二年生、昭和三一年のことであった。この年から落語研究会は実演を許すことになった。それまでは落語は聞くものでやるものではないという空気が強く、学生が実演をすることは許されなかったのである。やるからには基礎からみっちり勉強しようと慶應の落語研究会は当時若手のホープとされた柳橋門下の春風亭橋之助を大学の近くの寿司屋の二階に招き、教わることになった。

「落語には上下てえものがありましてね、上手は目上の人、下手は目下、横丁のご隠居が八っあんに向ってしゃべるときには上手から下手に向ってしゃべるんですよ、いいですか、私がやってみるから、皆もひとつついてきてください」

謝礼は一切なし、お寿司をごちそうして帰りに折詰をひとつ持たせるだけであったが、橋之助さんは「慶應の学生さんと友達付き合いができるのが嬉しい」と熱心に教えてくれた。基本的な形ができると次は小咄である。小咄は無駄な部分をすっかりけずり、ギリギリまで言葉を煮つめて構成してあるから、練習するにはもってこいなのである。

「向うの原っぱに囲いができたってね」

「へー」

囲いと塀をひっかけた小咄のABCなのだが、これをマスターすると、登場人物が少なくて笑わせる場面すなわちくすぐりの多い前座咄へと進む。やがて皆自分の好きなレパートリーを作り、自信もついてくる。自信がついてくると人に聞かせたくなる。

我々は地方の養老院めぐりをやって手ごたえを確めた上、天下の銀座で口演会を催すことになった。銀座ガスホールの大舞台に出ることになったのである。前宣伝がゆきとどき、当日会場は、家族、親戚、出来ばえを危ぶむ友人、そして橋之助さんはじめ学生落語がどの程度か関心のある若手落語家などで一杯になった。

本物の落語家をマネた桂道楽、桂三十助″（みそずけ）、柳家おさんなどと名乗った連中が下座の出囃子にのって登場、次々と一席うかがったのである。

口演は大成功だった。親戚から借りたり、父親のお古を都合してきた和服姿で汗びっしょりになった我々は、口演が終ると銀座の街へと出た。ビアホールへ行ってビールを飲もうという者、噺家にはビールは合わない、やっぱり熱燗でいこうよという者、いろいろ意見が分れた結果、秋のことゆえ熱燗に落ち着いた。現在でもあまり酒は飲むほうではないが口演の成功とそれを銀座の真ん中で果したことによる高ぶった気持ちがおさえきれず、うまい酒であった。

我が青春時代の想い出の一杯であった。

（1987・9）

川柳

ふとしたきっかけから、川柳を作ることに興味を覚えた。従来から自分の専門である日本外交史に関する川柳、新聞によく載る時代を風刺した時事川柳などには興味を持ち、「うまいこと表現するな」「なるほど、こういう切り口もあるのか」と思わずニヤリとしたり感心したりしていたのだが、自分で作ろうと思ったことはなかった。

だが本屋で偶然手にした田口麦彦『川柳とあそぶ』（実業之日本社）を読んでいるうちに高校の生徒と先生が作っている句をとりあげている章にぶつかった。

ちびまる子どんな大人になるのやら
担任をできればしたい逆指名
答案を返す教師のそっけなさ
甲子園今こそ印籠かざす時
先生のグチも授業とがまんして

など生徒から見た学校、あるいは先生に対する鋭い目が光っているのに対し、先生の方も、

担任へまだすねている長い髪
教室で見せる土筆を摘みに行き
取り上げた漫画、職員室で読み
夏休み教師も怠け癖がつき
校内暴力現場にほしい有段者
立ち直るきっかけとなる誉め言葉

着飾ってＰＴＡのＰが跳ね
といった秀れた作品を発表している。高校の先生にもご苦労は多いだろうが、われわれ大学の教師にも日頃から言いたいことは沢山ある。では五・七・五に託して何か言ってみようと思ったのが、川柳を作るきっかけとなった。
大学生、さあ遊ぶぞとプラン練り
苦しい受験勉強、浪人までして入った大学。本来ならばこれから本格的な勉強が始るというのに、やれテニスの同好会がいいか、女子大生との合コンはどうかなど、入学式当日から大学生はプランを練り始める。
貴人気よそに相撲部集まらず
貴乃花の横綱昇進にわく大相撲、だが、回しを締めお尻を出す相撲部は、大学生には敬遠され、テレビ・映画でとりあげられるほどだ。
就職に有利なだけで部を辞めず
草野球でも使えないような腕前でも野球部を辞めない、野球部で四年間やってましたということを、就職の武器にしようというのだ。
マスプロだ？最前列で聴いてみろ
「教養の政治学なんて四〇〇人教室だぜ」、そんなことを言う奴に限って最後列で隣と私語をしている。

〝楽勝〟と聞いていたのに不可がつき

単位が容易にとれるのが楽勝科目、超ラクなのがド楽勝、だが保険学を保健学と間違えるような答案では〝仏〟の教授も〝鬼〟となる。

カンニングやるにも最低のマナーあり

昔はカンニングペーパーを作るのに徹夜したものだ。試験一〇分前に机にサインペンで要点を書くなんて仁義に反する。

「やる気だけはあります」と成績不良を言い訳し

「一、二年の成績はクラブ活動にのめり込んで良くないですが、やる気はあるのでゼミに入れて下さい」、この手にはだまされない。

「ではこれから口頭試問を行う」

祝勝会イッキの嵐吹き荒れて

久々の優勝、イッキ飲みの最高はビール大ビン三本半が入る〝天皇杯イッキ〟。

たこやき恋占い研究発表もある大学祭

「現代日本の経営分析」「制裁にみる日本外交」……。やきそば、たこやき、タレントの講演会ばかり目立つ大学祭だが、小教室ではまじめな研究発表もやってるんですよ。

卒業論文をソツロンというその軽さ

かつて卒業論文といえば、言葉だけで重みがあった。いまは内容も分量もかるーくなった。

作ってみると面白い。当分憂さ晴しが出来そうだ。

（1995・2）

自動車—米国で車の免許を取る方法

「四十歳の主婦です。家が駅から遠いので、主人と子供の送り迎えに中古のマイカーを購入、運転免許を取ろうと近所の自動車教習所へ通いはじめたのですが、教官の態度の悪いこと。きびしく教えるのと、横柄でいばり散らすのとは違うと思います。あまりの態度に途中でやめてしまいました。教習所をもう少し楽しい雰囲気にする方法はないものでしょうか」

「サラリーマンですが、必要に迫られ車の免許をとることにしました。運転の実技はいくら時間をかけてもいいとして、構造、雪道の走行、故障車の牽引など一般の人々の運転に、あまり関係のない講義を三〇時間も聞かされ、時間をとられてたまりません。必要最低限の知識を受け、あとは運転して行く過程で覚えるというわけには行かないのでしょうか」

いずれも日本の新聞に載った投書である。

四十代の半ばで、日本で免許を取り、アメリカで再び免許を取り直した身として、投書した二人の気持ちは手にとるようにわかる。

悪名高き日本の自動車免許取得制度に対し、アメリカはどうなっているのであろうか。アメリカは州によって差があるが、一六歳から免許取得が認められるところが多い。したがって各地の高校では希望者に車の運転を教えるクラスを準備し、先生がマナー、技術、交通法規を教え、一定の段階に達すると両親がサインした許可証持参の上、州の出張所で試験を受ける。

では投書者のような中年が免許を取ろうとするにはどうするのか。一番確実な方法は、自動車学校で習うことである。

自動車学校といっても日本のように、箱庭式の囲いのある狭いコースがあるわけではない。出張教授である。電話帳を広げると「二〇年の経験を誇る」「親切に楽しく教えます」などの宣伝文句とともに、自動車学校の広告がずらりと並んでいる。その一つに電話をすると、教官が車持参で自宅までやって来る。

「これはアクセルといって踏めば動き、これがブレーキで踏めば車は止ります。さあ動かしてみて下さい」

いきなり路上運転である。街の人々も「運転練習中」の車が交差点の真ん中でエンストを起していても、ブーブー警笛を鳴らすことはない。教習料は三〇分で七ドル五〇セント（約一七〇〇円）。教官の感じが悪ければ、自動車学校に電話して他の人を指名すればよいし、他の学校に変えても構わない。

日本のように、一回ごとに印を押して第一段階終了などといわないからである。

一〇時間程やって自分でも自信がつくと、州の出張所へ行き、目の検査、筆記試験、路上試験を受けることになる。目の検査は色盲と近眼、乱視のチェック、筆記試験は「車を運転する人が知っておかなければならないこと」という州発行の、三〇ページのパンフレットを読んで行き、四〇問、各設問ごとに三つの答えが用意され正解を一つ選ぶようになっている。

日本の筆記は一〇〇問、〇×式、どうかと思われるいわゆるひっかけの問題が多いのに対し、アメリカの問題は素直なものが多い。四〇問中一〇問までの間違いなら合格、試験問題をもらって時間の制限はなし、出来たと思ったら提出、もし一一問以上不正解だと「誤りが多過ぎます。もう一度パンフレットを読んで、明日来て下さい」となる。

実技のテストには、自分の車を持って行く。出張所の試験官がヘッドライト、テールランプ、ウインカーなどチェックした後、出発。「次の交差点を右へ、次の角を左へ、道路の脇に止めて下さい」といった具合で、車庫入れ、縦列駐車等もうるさく言わない。

「土地の広いアメリカだからできるのだ」と言えばそれまでだが、日本のドライバーが技術は上手なのに、マナーが悪いのは、一度免許をとれば忘れてしまってよいような無駄な知識を、取得時に詰め込むからだといったら言い過ぎであろうか。

（1981・12・28）

米国中古車騒動記

「こんなばかなことがあるか、新聞の〝物申す〟欄に投書するから、しばらく不便でも車は引き取りに行くなよ」

O教授はそういうと、地元の新聞へ投書する文章を考えはじめた。

ここはミシガン州アナーバー。デトロイトから車で一時間程入った人口一〇万の小都市である。このアナーバーにあるミシガン大学で客員教授として一年過す予定で、昨年八月に渡米したのだが、安全で静かな大学町の唯一の欠点は足の便の悪さであった。公共輸送手段のバスは日中でも三〇分に一本、夕方六時には終り、日曜は運休。スーパーマーケットも大学も歩ける距離にないとなると、どうしても自分の車が必要であった。

中古車のディーラーを回ってアメリカ製の小型車に決めた。日本で小型車しか運転したことがなく、一年後帰国の際に売りやすいことを考えると大型車は対象外となり、日米自動車摩擦と自動車産業の中心のデトロイトに近いことを念頭に置くと日本車に乗ることをためらい、アメリカ車を選ぶことになった。買って一〇日目、バッテリーが故障、うんともすんともいわなくなった。早速買ったディーラーにレッカー車で運んでいくと、修理に二、三日かかるという。二日後連絡があった。

「バッテリーを取り換えたので、五〇ドル四八セントです」

買って一〇日目、しかも運転者のミスによる故障ではないだけに当然無料だと思い込んでいた私にとってこれは心外であった。同僚のO教授は早速電話で交渉する。

「それが信頼される中古車のディーラーのやることかい。なに、保証書にはバッテリーの故障についてカバーするとは書いてないだと。保証書がどうあろうと、無料にするのがディーラーの良心てもんじゃないかね。よし、そちらがそうなら、こっちにも考えがある」

二日経って地元の発行部数三万の「アナーバー・ニューズ」の〝物申す〟欄〝アクション・プリーズ〟にO教授の投書と回答が載った。

「日本からの客員教授がこういう状況にあります。救済の手段はないでしょうか」

「車を購入した方のいらだちはよく判ります。〝アクション・プリーズ〟でも検討し、ディーフーとも連絡を取りましたが、バッテリーの故障について保証書に明記されていない以上、残念ながらいかんともすることができません。……」

〝アクション・プリーズ〟の回答、さらにやがて来る週末に備え車なしの生活に堪え切れず、五〇ドル四八セントを支払って車は取り戻した。しかし腹の虫は収まらない。研究室の仲間、日本からの留学生などに憤懣をぶちまけた。

すると中国史専攻のY教授が「私は全く逆の経験があってね」と語り始めた。

「知り合いから日本の中古車を買ったんです。どうもブレーキペダルが甘い、そこで修理に出しました。方々点検した結果、一〇〇ドル近く整備のため払ったんです。修理工場のおやじさんが〝ためしにこの領収証を手紙をつけて本社に送ってごらんなさい……と薦めてくれました。二カ月位経って忘れた頃返事が来ました。〝わが社の車をご愛用いただき有難うございます。検討した結果、今回の修理代は当方で負担させていただきます。ご返事が遅くなったことをお詫びします。今後ともわが社の車をよろしくご愛用下さい〟、そんな文面の手紙に一〇〇ドルの小切手が同封されていました」

Y教授が、今後も買うなら日本車だと思ったことはいうまでもない。一方、もうアメリカの車だけは買うまい、人にも薦められないと私が決心したのは当然である。

その後も、一年の間にわが車はあるゆる故障を経験した。スターターが動かない、霜取りが作動しない、遂にはスーパー・マーケットへ買物に行き、駐車場に駐車中、ガソリンタンクに穴が開き、ガソリンがジャージャーと流れ、消防車が出動するという騒ぎにまでなった。修理工場へ運ぶレッカー車の運転手はいうのだった。

「あんたのそもそもの間違いはアメリカの小型車を買ったことだよ。日本車にすればよかったのにさ」

アメリカにおける日本の小型車の評判は高い。ガソリンを食わない、故障が少ない、アフターサービスがいい、この三つの理由で断然人気がある。

わずか五〇ドルでさらに信用を低下させたアメリカ車、一〇〇ドルでファンを増やした日本車、その五〇ドルもこうした原稿を書いて原稿料で取り戻したいま、〝真の敗者〟は私ではなくアメリカのC社であったことは明らかである。

（1982・11）

郷に入っては……

ある外資系の会社で講演を頼まれた。電気カミソリを扱っている会社なのだが、年に一度得意先を集めて慰労の会を催すのである。若干の会費をとりその会社が補助を出して温泉旅行を計画。講演、宴会、そしてゴルフをやって散会という一泊旅行である。

社長はオランダ人、本社はドイツにあるのでドイツ資本なのだが、国籍を問わず有能な人物を日本に派遣しようとした結果、このオランダ人が選ばれたのである。

講演が済むと皆浴衣に着換えて大広間に集まる。芸者が入り宴会が開始された。オランダ人社長も浴衣姿になり、

「一杯いかがですか」

「アリガトウゴザイマス」

とさしつさされつの盃のやりとりが始る。やがてカラオケが始った。

「では社長に十八番の知床旅情をお願いします」

拍手に迎えられて浴衣のすそから毛ズネを出しながらオランダ人社長が舞台マイクに向う。

「知床の岬にハマナスの咲く頃……」

曲に合せて歌い出したがお世辞にもうまいとはいえない。リズムも合わず日本語の歌詞もあやしい。だが一生懸命歌い終えた社長に満場から拍手が起った。

この会社の社長の前任者はイギリス人、来日した当初日本語が殆んど解らず「アア、ソウデスカ」しか話せず、英語を話せない日本人に対してはニコニコしているだけであったが、日本人の心、特に電気カミソリの販売を担当してくれる人々の心に飛び込むにはカラオケの一つも歌えなければと一念発起して知床旅情を覚えたという。

したがってオランダ人社長の知床旅情は前任者からの引き継ぎであり、十八番どころか、唯一の持ち歌なのである。だがこの社長の涙ぐましいほど下手なカラオケは「郷に入っては郷に従え」の実践なのである。

とかく外国企業は日本に入っても外国流を押し通

し、輸入車にしても日本車並みに右ハンドルにして日本に輸出しようとせず、欧米式のビジネスのやり方で済まそうとする。日本の閉鎖性を非難し、日本の流通機構の複雑さを嘆き、日本市場を開拓するのは困難だと訴えるケースが多い。

大きなホテルの一室を借り切って英語で挨拶し、立食パーティーをもよおして、スマートさを誇示するやり方より、この会社はお得意さんと触れ合うにはどうすればよいか考えての一泊旅行となったのだ。この会社の扱う商品が日本の競争会社の製品を尻目に順調に伸びているのもこの辺に理由があろう。

（1986・7・7）

現代アメリカ男女交際事情

ワシントンポストといえば、ニューヨークタイムズと並んでアメリカを代表する新聞である。ニクソン大統領を辞職に追い込んだあのウォーターゲート事件を徹底的に調べ上げ追及した気骨ある社風で知られている。

このオピニオン紙の毎週木曜日に妙な広告が載るのに気が付いた。「交際を求む」の広告である。一番短いのが三行、長いのでも一五行である。毎回「メン・シーキング・ウィメン」すなわち男性が交際したい女性を求める広告だけで二〇〇を越す。一寸読んだだけでは、何のことか理解できない。「SWM　34　5′ 9″ 180＃ISO　SWF　18―30　＃301―212―×××」

翻訳すると「当方独身白人男性、三四歳、身長一七五センチ、体重八〇キロ、一八歳から三〇歳の独身白人女性との交際を求む。301―212―×××に電話ありたし」となる。Sは独身、Dは離婚経験者、Wは白人、Bは黒人、Aはアジア系、Jはユダヤ系、Lはラテン系、Mは男性、Fは女性の略である。ＩＳＯは「……を求む」を意味する。三行なら簡単なことしか表現できないが、八行から一五行となると、「ハンサムで東部有名大学の出身、趣味はヨットとスキー、フロリダに別荘有、ユーモアのセンスある金髪でスリムな白人女性を求む」、「筋骨たくましい黒人男性、定職あり、明朗快活で話題豊富、スポーツと映画に通じ決して相手を退屈させない自信あり、交際相手は白人でも黒人でも可」、「離婚経験ある建築技師、五一歳、犬好きで煙草を喫わないクリスチャンの女性を望む」などいかに自分を売り込むかそれぞれ工夫がなされる。

驚くのは、女性が男性を求める広告の他、男が男、女が女と交際したいとの広告も掲載されていることだ。こうした場合G＝ゲイ、Bi＝バイセクシュアルなどの略字の中に入ってくる。

「メン・シーキング・メン」を見ると「ハンサムなゲイの黒人男性、三七歳、永続きする関係の男性を求む」、「バイセクシュアルの白人男性、たくましいタイプのバイまたはゲイの男性希望」……、

「ウィメン・シーキング・ウィメン」なら「魅力たっぷりのラテン系女性、いい方なら人種不問」とか、「小柄で人形のようなバイの白人女性、興奮を共有できるバイの女性求む」などとなる。

ホモ、レズが社会的に認知されていることが判る。

ワシントンポストのような一流紙がわれわれから見れば首を傾げたくなる広告を掲載し始めたのは、一年位前からであるという。一件「売春の仲介」のような広告は、アメリカ社会、特にワシントンのような都会居住者の人の知り合う場のなさを象徴している。かつてのアメリカ――現在でも地方へ行けばまだ残っていると思うが――では、男女の交際の場、人と接する場は、学校、職場以外に毎日曜日に訪れる教会、YMCA、YWCA、奉仕活動など地域中心の活動など数多くあった。しかし都会では、教会へも行かず、アパートの隣人が誰であるかも知らず、人と接触する、特に結婚相手にふさわしいと思われる人々と出会うチャンスは極めて限られてくる。したがって、こうした広告が有効な手段になってくるのだ。ワシントンポストだけではない。毎月一回発行されるインテリ向けの雑誌ワシントニアンには二〇ページにもわたってこの手の広告がずらりと並ぶ。

では広告を出すと反響はあるのであろうか。掲載されている電話番号は仮のもので、自宅のものではなく、名前は明らかにしていないが、「ハンサムで一流会社勤務の独身白人男性」といった条件のよいものには、二日間で六〇人以上の「交際申し込み」が殺到するという。なかには最初から不純な動機でこの広告を利用しようとする者もあるようだが、ワシントンポストは、「広告掲載者はすべて自分の責任において対応すること、ただし初対面は必ず公衆の多くいる場所を利用することを薦める」としている。

一流紙の三行広告から、現代アメリカ社会の断面が見えてくる。


（1994・11）

食べる──器

香港で一年過したことがある。当時、中国大陸では文化大革命の嵐が吹き荒れていた。

かつて中国で最高の料理は、レストラン、料理屋ではなく、大金持ちの家で食べるものとされていた。すなわち、腕のいいコックは、個人の金持ちに雇われ、主人の招く客を相手に腕を振ったのである。かつて中国東北部で勢力をほしいままにした軍閥の巨頭張作霖の家で夕食の招待を受けた日本人はその豪華さに驚嘆した。後に日本の軍部の謀略によって列車ごと爆殺された張だが、素晴らしい料理に驚く客に「その辺の料理屋のものとは一緒になりませんよ」とコックの自慢をしたという。

やがて中国に革命が起り、共産党が全国を支配するようになると、大金持ちはいなくなり、「豪華な料理はブルジョワ的だ」と批判されるようになって、秀れたコック達は、金持ちとともに香港へと逃れていった。香港に住みついたコックは、大きな中華料理店に職を求めた。したがって、私が過した一九六〇年代後半、香港ではほんとうに美味しい中華料理が食べられたのである。

香港に滞在中、商社勤務の義弟がやってきた。一流といわれる料理屋で、北京料理、上海料理、広東料理……とご馳走したのだが、帰ってから義弟は母親にいったそうだ。

「兄貴たちは一流のところへは連れていってくれなかった。だって食器が欠けてるところばかりだったからね」

中国人は味を楽しみ、器はまったく気にしない。義弟は日本と同じように、一流なら店の作りが凝っていて、きれいな器に盛られて料理が出てくるものと思い込んでいたのだ。

日本の料理は違う。いい料理は材料と腕に加え、よい器に盛るのが常識である。江戸時代から続くうなぎ一筋の老舗竹葉亭。この店の経営者の一人が大学のゼミナールの卒業生なので、時々利用するのだが、ここの器が素晴らしい。聞くと、明治から昭和にかけて活躍した北大路魯山人の作だという。魯山人は、書家、篆刻《てんこく》家として名をなし、やがて全国各地で料理を研究、大正一四年に赤坂に高級料亭星岡茶寮を開設、顧問兼料理長として天下に美食家の名をとどろかせるようになった。その星岡茶寮で知り合ったのが竹葉亭の先々代社長、別府哲二郎。

それが縁で、魯山人が料理を盛りつける食器の製作から陶芸の道に進むにいたると、竹葉亭のためにも実用と美をミックスした器を特別に作ってくれるようになった。例えばうなぎ丼の器である。天然うなぎで作る大きなかば焼きをのせるのにぴったりの丼。その丼に合った漆のふた。しかも冬用と夏用と作り、夏には銀色を使い季節感を出したという。わざわざ魯山人の作ですよなどと断らず、さりげなく使っている竹葉亭の態度にも好感が持てる。

（1987・6）

編集者

未知の人から手紙が来た。

「先生が元日本で活躍した外人選手を追った『週刊文春』の連載、楽しく拝読しました。連載終了後、当然本になるものと思っておりましたが、なかなかなりません。ついては、わが社で出版させていただけないでしょうか」

一度会って相談したいというこの編集者の頼みに、研究室で面談した。私は率直にいった。

「失礼ですがあなたのおられる創隆社という出版社は名前も聞いたことがありませんが」

「おっしゃる通りです。ウチの社は小学校中学校向けのテストで財を成し、この度単行本の出版にも手をそめようというのが社長の意向です。そうした意向を受けて、自分は早稲田の大学院を中退して入社しました。これは、自分が目をつけた企画ですから、是非やらせていただけませんか」

こちらは『週刊文春』の連載が終れば、当然文藝春秋社が本にして出してくれると思った。だが編集サイドと営業サイドの意見が合わず見送りになっていたのだ。本を出すなら、伝統ある大きい社の方がいいに決っている。だがこの編集者の熱心な態度に打たれた。この人に賭けてみようと思った。

賭けは見事に当った。この編集者Sさんは、度々三田の研究室に足を運んでくれ、読者を引きつける魅力あるタイトル、装丁、〝腰巻き〟といわれる帯等について綿密な打合わせを行ってくれた。戦前の名古屋軍で活躍した通称バッキー・ハリスから、一九六〇年代のスタンカ、バッキー、七〇年代のホプキンスなど、一〇人の選手と監督を扱ったこの本は、『ハロー・スタンカ、元気かい―プロ野球外人選手列伝』として、一九八三年七月に刊行された。刊行後も、Sさんは熱心だった。各新聞社、雑誌社などに「乞ご高評」の手紙をつけて送ったのだが、単に新聞社も運動部長殿などとせず、運動部長の名前を調べあげ、〝読売新聞運動部長山田一郎殿〟という形で送ったのである。ブックプレゼントについても、「予算はオーバーしますが、こうなったらかまいません」と、一〇〇冊を提供してくれるという入れ込み方であった。

創隆社という全く無名の出版社から出されたにもかかわらず、編集者の熱心さのおかげで、この本は一五以上に及ぶ新聞・雑誌に紹介され、本にはさみこんだ返信用ハガキによる読者からの反響も好評で、一カ月後の八月には再版が出る有様だった。

さらにこの本は数年後、皮肉なことに文藝春秋社のライバルである講談社から講談社文庫として再び世に出ることになった。これも創隆社の熱心な編集者Sさんが開いてくれた道が広がったからである。

本の良し悪しは、著者と編集者の息がピッタリ合うかによって決る。一九九七年、新潮社から『藤山一郎とその時代』を出した時も編集担当の別のSさんは情熱をこめて本の出版に協力してくれた。富士霊園に葬られている藤山さんのお墓が見たいといえば、社の車で案内してくれた。藤山さんが生れ育った日本橋蛎殻町を確めてみたいといえば、水天宮はじめ隅田川界隈を一緒に歩いてもくれた。原稿の段階、ゲラの段階で細心の注意をもってチェックもしてくれた。装丁もその道の大家和田誠氏に頼んでくれた。その甲斐あって、本は好評、朝日・毎日・読売はじめ雑誌でも数誌でとりあげられ、これまた再版の運びとなった。

一方、信じられないようなダメ編集者もいる。数年前、ある雑誌から健康についての原稿依頼があった。住所は合っているが、名前が池井ではなくて、油井になっている。通常ならこの人はたずねあたりませんと返送されるところだが、わが家は日常的に郵便が多いため、気をきかせた配達人が郵便受けに入れていったと思われる。住所と姓名の名の方はあっているから、編集者が間違ったとしか考えられない。すぐ返事を書いた。

「原稿の依頼、頂戴しました。ただ姓が池井ではなく油井となっていますが、池井宛てにもう一度依頼書を下さい。そうすればお引受けします」

数日後、わび状も添えず、油井を池井に直した依頼書がきた。引受けた原稿は間もなくその雑誌に載った。

数カ月後のことである。再びその雑誌から原稿依頼があった。見るとまた油井となっている。手書きで特徴のある字なので、前と同じ編集者が依頼状を書いたと判断した。頭にきた私は厳重抗議の手紙を書いた。

「数ヶ月前、姓が違うと注意したばかりです。再び間違って依頼するとは、一体どういうことですか。編集者として失格です。原稿はお引受けできません」

その後わびの手紙ひとつこない。編集者として失格というより、編集者になってはいけない人がなってしまったとしか考えられない。

翻訳

初めて翻訳らしい翻訳をやったのは、大学院修士課程の時であった。石川忠雄先生（後に塾長）の下、中国に関する論文を当時の院生が手分けをして訳したのである。石川先生は厳密であるとともに、愛情あふれるやり方でわれわれに接して下さった。下訳をして先生の研究室を訪れる。こちらが読みあげる訳文を、先生は原文を見ながらじっと聞いておられるのだ。

「そこの訳はちょっと固すぎるのではないかね」

「そこのところはなめらかでいいよ」

こうして鍛えられたことは、後に大きく役立った。

一冊の学術書を一人で翻訳したのは、一九七六年のことであった。

これにはちょっとしたきっかけがあった。一九七三年八月から七四年七月にかけて、ニューヨークにあるコロンビア大学に客員準教授として滞在。この間、"Patterns in Japan's International Negotiation Bahavior Before World War II"と題した博士論文の最終学位審査に出席する機会を得た。一八九五年の日清下関条約交渉から一九四一年の日米交渉にいたる四十数年に及ぶ日本外交から一八のケースを引出し、そこから日本外交の交渉態度を引出したこの論文は、六人の審査員一致で合格。博士号の授与が決定した。コメントを求められた私はいった。

「日本人研究者さえ従来行ってこなかった根本資料を駆使してのとり組み方は見事である。この研究は日本語に翻訳されて、日本の読者にも紹介されるべきである」

では、君がやれということになり、まだ本にもなっていないタイプで打った原稿のまま、私は翻訳にとりかかった。サイマル出版会の「博士論文をベストセラーにするタイトル」のアイディアのもと、なんと『根まわし、かきまわし、あとまわし—日本の国際交渉態度の研究』として出版された。このタイトルにはいささか抵抗があったが、朝日新聞が「天声人語」でとりあげ、「根まわし、かきまわし、あとまわしとは言い得て妙である」とほめてくれた。外務省地下の図書部、通産省の書籍部などでよく売れたという。一面識もなかった日本女子大学の清水知久助教授が書評で「本書は翻訳という感じがほとんどしない。これも訳者の努力の現れであろう」といってくれた時は本当にうれしかった。

アメリカでは、フランス文学を英語に直した場合、これは訳したものだとわかるようでは、本当の翻訳ではないというそうだ。ブレーカー博士の英文を訳すにあたって訳文を原文を離れてチェックし、日本語として不自然でないか点検したのがよかったのであろう。

原著者のブレーカー氏が日本語がよくできることもあって、日本語の訳文にも目を通してくれたため、いわゆる誤訳が避けられたこととともに、日本語としてすっきりしたとほめられたことが自信につながったことは、いうまでもない。

その後、野球関係の著書を訳す機会にも恵まれた。アメリカのスポーツライターとして著名なロジャー・カーンの“A Season in the Sun”にとり組んだのである。ふんだんに出てくる歴史上のたとえ、選手の使うスラングなどアメリカ人の日常生活を知らなければ理解できないような表現には苦労させられた。

例えば、こんな箇所があった。後に野球の殿堂入りするシンシナティ・レッズの名捕手、ジョニー・ベンチが新聞記者と一緒にゴルフに行く。ゴルフ場の女子の従業員達がやってきて、サインをねだる。ブラウスの胸にとめてある名札のところにサインをしてほしいというのだ。ベンチは大きな左手でバッジをつまみあげ、ほとんどバストにくっつきそうになりながらサインをする。すると新聞記者がいう。

"Hey, Johny, You have great pair of hands."

"Yeah, thirty-four C"

ジョニー・ベンチは手にボールを五つ持つことができるほど大きな手をして、あだ名がザ・ハンズといわれるほどだ。だから「ジョニーさんよ、大きな手しているね」というのはわかるが"thirty-four C"がどうしてもわからない。旧知のスタンフォード大学の教授に聞くと、センチメーターではないかという。いくらなんでも三四センチということはあり得ない。もう少し若いアメリカ人に聞くと、ひっくりかえって笑い出し教えてくれた。「このthirty-four Cというのはブラジャーのサイズだよ。三四インチ、Cカップ。女の子のバストに触れないようにしてサインをしたところからつながっているんだ」

ようやくこれで理解できた。そこで翻訳する時は「ジョニーさんよ、大きな手しているね」「そうね、ブラジャーのサイズでいえば八六センチ、Cカップというとこ」と訳さないと、日本の読者にはなんのことかわからない。

ロジャー・カーンには、かつてのブルックリン・ドジャーズの名選手達のその後を追った"The Boys of Summer"という名著がある。一九七二年、ニューヨークで六カ月にわたってベストセラーのトップを維持した大傑作だ。だがカーンがドジャーズの会長、ウォルター・オマリーに会うと、会長はどうもこの本が気に入らないらしい。ある部分が気に入らないと指摘されたカーンは、オマリーに向っていう。"I took it in the tape. There ain't 18 minutes gaps."

そのまま訳すと、「あれはテープにとったんですよ。一八分の空白はありませんよ」となるがこれは理解できた。あのニクソン大統領を辞任に追いこんだウォーターゲート事件のテープとかけてある。ニクソンが故意に一八分間テープを消したのではないかが当時争点になった。それを捩って、カーンは「一八分故意に消したなんてことはありませんしね」と、オマリー会長にいい返したのだ。

とにかく翻訳はむずかしい。英文和訳と違ってその国の文化を日本の文化で理解する。すなわちいい日本語でいいかえるという作業が翻訳だからだ。明治以来日本には翻訳調というのがあって、「私は池のほとりにたたずんでいる私自身を発見した」といった直訳調の表現がかえって好まれることさえある。意味不明の外来語をカタカナ文字にしたことの氾濫とあいまって、もっと日本人は翻訳を通じても日本語を大事にしなくてはいけないと思う。

定年

六〇歳をすぎると定年が気になってくる。慶應義塾は教員、職員を問わず六五歳が定年だが、一般の会社では五五歳、少々延長しても五八歳、あるいは六〇歳というところが多い。現に高校、大学の仲間でもう第一線を退き年金生活に入っているのもいる。

会社勤めの経験がないから実感が湧かないが、サラリーマン生活を三〇年以上も送ってきたものにとって、定年は辛いらしい。子供達は独立し、退職金、年金で夫婦二人が暮していくには支障がなくても、朝九時に出社し、夕方五時まで月曜から金曜まで仕事をしてきた者にとって、何もしないでいいという時間の過し方がたまらないという。

「月曜日の昼日中、映画を見に行ったって誰に何もいわれることはないんですよ。だけどなんとなく後ろめたくてね。金曜日の夕方がくるとホッとするんです」

ある証券会社マンOBはしみじみと語ってくれた。欧米の人々は、人生の設計があって、定年という制度がなくても何歳になったらリタイアする、そしてかねて希望していたボランティア活動をする、あらためて新しい語学に挑戦するなど具体的プランを持っているのだが、日本の場合、会社一途に生きてきて、与えられた仕事がなくなると自分自身をもてあましてしまう。ジャーナリストの加藤仁氏が「定年評論家」としていかに定年後楽しく生きがいのある人生を送っているか具体的例を紹介して読者の好評を得ているのは、そこから学ぶものがあるからである。

さて、自分が定年を間近にひかえ、考えることも多い。早稲田は定年が七〇歳、上智は六五歳だが七〇歳まで一年毎の契約更新で「特遇教授」として再雇用される慣例がある。ボーナスは半分になるが年収は保証され、個人の研究室もそのまま使える。だがそれも廃止の方向にあるという。

アメリカの大学には原則として定年はない。かつてハワイ大学は六五歳が定年であったが、六五歳になった教授が、自分は研究意欲もおとろえず、学会報告も行い、論文、本も発表している。授業もきちんとやっている。定年は不当だと裁判に訴え勝訴した。驚いたハワイ大学は定年を七〇歳まで延長したが、今度は七〇歳になった教授が同じ理由で裁判に訴えこれまた勝ちをおさめた。こうしたことからハワイ大学はついに定年制を廃止してしまったのだ。

ハーヴァード、エール、コロンビアといったいわゆるアイビーリーグの名門大学にも定年はないが、ここには厳しいチェックが行われる。まず学生による評価だ。××教授は同じことのくり返しで知的刺激がないなどと露骨に批判される。また研究者同士の相互チェックも厳しい。〇〇教授は論文も書かず、学会報告もせず「知的死人」などと指摘されると、自ら辞表を出さなくてはならないような仕組になっている。ハーヴァードの入江昭教授は、アメリカ歴史学会の会長を務め十数冊の著書がある第一級の研究者だが、それでも七〇歳になったら自発的にリタイアしようと決心している。判断力がにぶり、魅力的な授業、学会で評価される著作を発表できなくなるのをおそれているからだ。

一方、日本の大学教授は、研究する自由が保証されると同時に、研究しない自由を楽しむことができる。点が甘く休講が多いと喜ぶ学生を相手にし、教授同士の遠慮から学問的業績について指弾されることもなく、二〇年間論文一本書かず授業も一〇年一日のごとく同じ内容、学生が出席しようとしまいと私語で教室が騒然としていようと、机につっぷして寝ていようと決められた時間だけしゃべって出ていくというタイプの〝ダメ教授〟も散見される。ある学生はいう。

「問題は大学の自治ではなく大学のじじいですよ」

定年を迎えた慶應の先輩教授が、研究室の本、書類をダンボールにつめて静かに去っていったり、同僚が定年の日を待たず、六二歳、あるいは六三歳で〃選択定年〃の道を選んで他大学に移っていくのを見ると、最後まで魅力ある授業をやり、論文や本の執筆も欠かさず惜しまれて去るようになりたいと心から思っている。

脱「くれない族」老人のすすめ

依頼を受けて地方小都市の集りで講演をすることになった。

地元の厚生年金会館が主催する老人向けの〃千歳《ちとせ》高齢者大学〃で、生涯教育について話してくれというのである。

普段大学で四〇〇人を超える学生に、大教室でマイクを使用し政治学、外交史を講義することには慣れており、また国際問題、日米関係について成人大学で講演したことはあるが、お年寄り相手は初めてであった。

しかも「生涯教育についてやさしく話していただきたい」との注文に、どこまで応じられるかあまり自信がなかった。しかし、この小都市の顧問をしておられる大学時代の恩師の推薦とあれば無下にお断りするわけにもいかない。

引き受けてから何を話そうか一所懸命考えた。

私自身二歳の時に父を失い、母が仕事をし家庭のことは祖母が一切やってくれた典型的なおばあちゃん子だったから、お年寄りには親近感を持っていること、これを枕にし、アメリカ、ヨーロッパなどに留学、客員教授としての滞在、旅行などを通じて知った魅力のあるお年寄りの実例をいくつか紹介し、最後に若い人々に「嫌われる老人」「好かれる老人」の条件をあげ、好かれるにはどうすればよいかを締めくくりとすることにした。

会場にあてられた地元の厚生年金会館の会議室は、二五〇人を超す元気なお年寄りで一杯だった。特に講演の前に行ったトリム体操のため、適度に体を動かしたため居眠りをするような雰囲気はまったくなかった。

「起立、礼」、担当者の声に合わせて老人達が一斉に立ちあがり、深々と頭を下げた。

中学校以来、「起立、礼」の習慣を忘れていただけに、一瞬とまどったが、これが「高齢者大学」のけじめの一つだと思うと、途端にうれしくなって、講演にも熱が入ることになった。

――アメリカに四分の三世紀ソフトボールクラブというのがあります。一世紀は一〇〇年ですから、四分の三世紀といえば七五年、すなわちこのソフトボールクラブの会員になる資格は、七五歳以上です。チームをつくって、子供や女子チームを相手に試合をやりましたが、もうひとつもの足りない。

結局チームを二つ作り、対抗戦をやることになりました。

最年長は九二歳、息子とか孫たちが心配して言います。

「おじいちゃん、いい加減にしたら。ゴルフや水泳ならいいけど、打って走って捕るソフトボールは、ケガも多いし、すべりこんだ瞬間に心臓マヒでもおこしたらどうするの」

おじいさんたちはくったくのない顔をして答えます。

「心臓マヒをおこしたら、その時はその時さ、審判がタイムをかけて救急車がやってくる。救急車がピーポ、ピーポとサイレンを鳴らしていってしまったら、『プレーボール』、審判の右手が上って試合再開さ、好きなことをやってるんだから、心配しないでおくれ」

――アメリカのミシガン州にアナーバーという人

ロ一〇万の中都市があります。

ここで一年間過したのですが、ある日雪の中を帰ってくると、アパートの前の部屋に住んでいるおばあちゃまが、呼んでいます。何かと思ったら友だちを呼んでブリッジをやり、今終ったところなんだけれど、玄関から道まで手をとってブリッジの仲間を車のある所まで連れていってほしいとのことでした。

静脈の浮き出た細い手をとってすべらないように細心の注意を払い車に乗せたのですが、アパートに帰ると前の部屋のおばあちゃまがいいました。

「いまの人、九二なの。でも頭が良くてブリッジもすごく強いのよ」

——若い人に嫌われる老人は、

一に孫の話と血圧の心配しか頭にない人、

二に電車に乗れば席をゆずってくれない、テレビの番組は若い人向けで年寄りに楽しめるものを作ってくれない、食事も年寄りのことを考えて料理してくれないと、何事につけ不満を持っている老人版「くれない族」、

三に二言目には「今時の若い者は……」「昔はこうじゃなかった」と現在に不平不満だらけの人です。

では好かれる老人の条件は何か、絶えず新しいものに興味と関心を持ち、自分なりにそれをとり入れようとする方々です。

野球の中継を見ていて「旦那一塁って何んだい」と聞いた八〇歳のおばあちゃま、「あれは旦那でなくランナーだよ、ランナーというのはね……」と孫との対話が始まります。

「起立、礼」に送られて会場を出ると、担当の方がおみやげにとこの会館のてぬぐいをくださった。鶴と亀をあしらったこのてぬぐいには、次のように書かれていた。

五十、六十は鼻たれ小僧
　七十、八十は働きざかり
九十お迎え来たならば
　百までまてと追返し

（1984・9）

お礼状

「いいかい、お礼状は必ず二回出すんだ。第一回は先輩に会ってもらった翌日、昨日はお忙しいところ、いろいろ貴重なお話を聞かせていただきありがとうございましたといって出す。二回目は就職が内定した段階で、内定先がその先輩のいない会社、あるいは違う業種であってもあの折はお世話になりましたが、××会社に内定しましたと報告する。わかったね」

就職をひかえて、ゼミの学生はいわゆるOB訪問を行う。商社、メーカー、金融、マスコミ、シンクタンク等々、分野を分けて先輩に連絡し、まとまって会いに行く。先輩は可愛い後輩だとばかり、忙しい時間をやりくりして、お茶をつきあってくれたり、時には食事、中には一杯飲みながらゆっくり話そうやという場合もある。にもかかわらず礼状一本よこさないというのでは失礼きわまりない。幸いゼミの現役学生は、注意を守ってくれているようで、「さすが池井ゼミだ。きちんとしている」とOBの間からは評判がよろしい。

情報化の時代になって、情報を得る手段が簡単になったせいか、何かを教えてもらうことに対する感謝の念が薄れているように思える。野球、オリンピックなどに多少詳しいとあってよく新聞社、週刊誌などが電話でコメントを求めてくるが、掲載誌を送ってきたり礼状をよこすのはマレである。

何かを教えてもそれに対する最低の感謝が示されず不愉快な思いをすることが多いため逆の場合は礼状を出すよう心掛けている。特にわれわれのような職業は、本、論文を贈られる場合が多い。本来なら贈られた本、論文をじっくり読み、それに対する感想を手紙で送るのが礼儀だが、忙しかったり、せっかくもらった本が自分の興味、関心をあまりひかない場合があり、いつも手紙というわけにはいかない。その場合は、本、論文を受けとった当日か翌日、ハガキで「この度はご高著お贈り頂き、ありがとうございました。週末にじっくり拝読させていただきます。とりあえずお礼まで」と書いて出す。早くすることが肝心だ。読んで感想などと思っているうちに、一週間、二週間、やがて一月が経ち、ついに書きそびれて失礼をしてしまうというケースもよくある。中には、「……ただ今、読んでおります」という礼状をもらい、ははあ、こういう書き方があるのかと感心した覚えがある。

やはり礼状はワープロより手書きの方がよい。感謝の気持ちが万年筆の文字を通じて伝わってくるからだ。ワープロでもらった礼状ではこんなことがあった。名古屋で講演を終えて帰ってくると、二、三日してワープロで打った礼状がきた。

「池井様にはこの度ご多忙中のところわざわざ名古屋までおいでいただき、興味深い講演をありがとうございました。聴衆一同、大変感銘を受けたといっております。……」とあって最後に、「田中様にもお元気で過されることを願っております……」とあった。要するに礼状のマニュアルができていて、最初のところは「池井様」に直したのだが、最後のところは前に講演をした田中某氏の名を直し忘れたのである。こうなると、礼状をもらった有難みより、気配りのない事務員が上から命じられてやったのかと、かえって気分を害する結果にもなる。

一通の誠意あふれる礼状が、次の講演、次の情報提供に好意的につながっていくことを忘れてはならない。

寒中見舞

毎年配達される年賀状の数が増えていく。今年はついに一〇〇〇枚を超えた。年賀状は大きく分けて三つに分けられる。第一は知人、第二は友人、第三は卒業生である。知人は慶應の運動部三九部を総括している体育会理事を引受けているため、この二、三年、急激に増え、必然的にその関係の方々からいただく年賀状が増大した。第二の友人の数は変らない。むしろこの年になると、訃報に接し減っていく傾向にすらある。

第三の卒業生は確実に増える。卒業論文の指導をするゼミの学生だけでも、毎年十数人いるから、全国、いや世界各地に散らばっている彼らから年に一度の便りが寄せられる。

問題は、こうした増大する年賀状にどう対応するかである。かつては、松ノ内に返事を出すことにしていたが、枚数が増えるとてもさばききれない。そこで考えたのが寒中見舞である。

こちらの近況を印刷し、相手の状況に応じて、「北九州の生活にも馴れましたか」「赤ちゃん誕生おめでとう」「転職の由新しい職場で頑張って下さい」など、一言書き添えることにしている。

寒中見舞にすると、返事を出すのに手間取り松ノ内を過ぎることがあっても失礼にならず、この四、五年、この方式を利用することにしている。

今年は寒中見舞だけで五〇〇枚位出さなければならなかった。寒中見舞は、暑中見舞と並んで日本に根付いたなかなか便利な仕来りである。季節感を表すちょっとした挿し絵を添え、通り一辺の挨拶でなく適当な長さの文章と共に大きくタイミングを逸することなく、挨拶できるこの方式を最大限活用している。

（1998・2・9）

講演

時々講演を依頼される。話すことは好きだし、学生時代、放送研究会、落語研究会にいたこともあり、マイクの使い方、間のとり方などもある程度訓練を受けているから、話の内容とともに決められた時間を人をあきさせずにつとめることはできる。したがって依頼されれば、なるべく引受けることにしているが、問題は依頼のしかただ。

研究室、あるいは自宅に電話がかかってくる。

「先生に講演をお願いしたいのですが、お忙しいところを大変恐縮ですが、われわれはこういう団体で予算が限られておりますのであまり謝礼はお払いできないのですが……」とくどくど始まる。こちらがまず知りたいのは、日と時間と場所だ。何月何日何時からどこでやるのか、大学の授業、学校の内外の会議、学生の論文指導、原稿執筆、さらに趣味の草野球など予定がつまっているから、まず知りたいのは日時と場所だ。

次は講演のテーマである。日本外交史が専門だが、スポーツに関心があり、本を数冊出している関係から、そうしたテーマでの依頼なら引受ける。

次は聴衆だ。何歳位のどういう立場にある人が聞くのか、会社も管理職の場合、新入社員の場合、定年をすぎたお年寄りの場合、男女が入り混じり年齢にも幅がある場合等々、そのケースに応じて同じテーマでも内容を少しかえたり、若者向きの話題を入れたりしなければならない。

謝礼はその次だ。高いにこしたことはないが、大学に奉職する者としてこちらからいくらでなければいけないと要求したことはない。原則として学生諸君からの依頼は無料、公共団体の場合は規定通り、企業は相手の申入れにしたがう。時には「いくらお支払いするかおっしゃっていただかなくては困ります」という場合もあるので、それならばご参考までにと二、三前例をあげて説明する。

謝礼が安くても、雰囲気がよく気持ちのよい講演ができる時と、いくら高い謝礼をもらっても雰囲気次第でなんとなくのらないことがある。早稲田大学の吉村作治教授は、エジプト学の大家で、テレビ出演からコマーシャルにまで出て、顔が売れており、講演依頼も多いという。だが成人の日の催しに話を頼まれ、「ちゃんと聞いてくれるでしょうね」と念をおして主催者側の「大丈夫ですから」との答えに会場に赴いたところ、私語はする、携帯電話は鳴り響くで話を聞くという雰囲気ではなく、一時間で講演を切り上げ、後で怒りをぶちまけた。そのことは産経新聞はじめいろいろ報道されて話題になったが、講演会場もお粗末、謝礼も大したことはなくても、こちらの話を吸いとるように聞いてくれ、笑うべきところは笑い、うなずくべきところはうなずき、そして終るとポイントを突いた良い質問が次々と出てくるとこちらも非常にいい気分で帰宅の途につく。

野球評論家の佐々木信也氏と講演旅行にいったことがあった。

「プロ野球ニュース」のキャスターを一二年務め、話すことのベテランだけに、テーブルに用意されたマイクではなく、椅子を舞台の前に持ち出してすわって語りかけるという手法をとった。場所が栃木県の氏家町で野球の盛んな所だけに、子供達から質問が次々とくる。

「江川が巨人軍の監督になる可能性はあるんでしょうか」

「オリックスの木田が大リーグに行きますが、野茂のように活躍ができると思いますか」

次々と出る質問に的確にこたえる。

「いや、今日の講演会は楽しかった」

帰りの汽車の中で佐々木さんと私は意見が一致したのだった。

電話

日本における電話の普及はすさまじいものがある。各家庭に一台どころではない。大学生の七〇パーセント近くが携帯電話を持つ時代だ。

わが家には珍しく戦前から電話があったが近所を見まわしても電話のある家は一〇軒に一軒くらいで、よく電話を借りにきたり呼び出しを頼まれたものだ。

昭和五〇年代までは学生も下宿に電話があるだけで、個人の部屋に専用電話をひくとか、まして携帯電話など当時はなかった。したがって、「電話のとりつぎは、夜は一〇時までです」と大家さんに言明され、友人に「頼むから一〇時過ぎたらかけないでくれよ」と頼んでまわるような状況だった。

だが電話の普及につれてマナーも悪くなった。間違い電話に「すみません、番号を間違えました」とわびないのはかつてもあったが、友人同士夜遅くかけることになれているせいか、指導教授の家に一一時過ぎにかけてきて平然としている。また電話によるセールスも多い。

「ご主人はいらっしゃいますか」と家内に親しげにいい、仕事を中断して出てみるとマンションの売込み、財テクの勧め、はては墓地の紹介という時には腹がたってくる。

最近は受けるマナーもなっていない。こちらが名乗るとたんに「いつもお世話になっております」

といい、「××さんお願いします」というと「お名前をもう一度おっしゃって下さい」という。「お世話になっています」は単に口先の対応でしかないのだ。

かつては公衆電話も一〇円玉を用意しなければかけられなかった時代は、それなりに制約があった。あの石原裕次郎が慶應病院に入院していた時、となりの病室の田中直吉法政大学教授の家族は、病院の廊下にある公衆電話をかけようとしていくと、石原プロダクションの人が足りなかったらどうぞと、一〇円玉を束にして貸してくれたという。だがテレフォンカードの使用により、公衆電話を使っても長電話が多くなった。また面会してじっくり取材すべきテーマを、電話のインタビューで簡単にすませようというマスコミ関係者も増えてきた。特に不愉快なのは、車内で携帯電話のベルが鳴り響くことだ。

「車内での携帯電話のご使用はご遠慮下さい」とのアナウンスがあるが、さっぱりきき目がない。ゼミの卒業生がNTTDOCOMOに就職した。卒業前のいわゆる追い出しコンパの席上、その男は、「ぼくの入社しての第一の使命は、池井先生に携帯電話を買っていただくことです」といったが、その頼みだけはどうしても聞けそうにない。

万年筆

職業柄、原稿を書く機会が多い。

最近の作家、学者はワープロ派が多く、字は探してくれるし、訂正は簡単だし、あんな便利なものはないというが、元来機械に弱く固守派のせいか、いまだに万年筆で原稿用紙に向うことが多い。

机にすわって原稿用紙に向うと文章がスラスラと出てくることもあるが、使い慣れた万年筆を忘れたり、インクの出が悪いと、せっかく頭の中でまとまっても、紙の上の文字となって出てこないことがある。

「弘法筆を選ばず」、名人上手には用具の良し悪しは関係ないたとえとしてよく使われる言葉だが、名人はおろか上手の域にも達しない凡人にとっては、せめて用具でもよくしないことにはどうにもならない。

本当に書きあじのよい万年筆とは、ヌラヌラ、スルスル、書いているというより流れるように紙の上を滑っていくのだと、作家の山口瞳氏が表現しているが、そんなものはこの三〇年ほどお目にかかったこともない。亡くなった母が使っていた戦前の国産品は、三〇年近く使用しても太さも書き味も全く変らず、母の指の一部になった感じすらあった。

ニューヨークのコロンビア大学で一年間を過した折、秘書のおばさんに「プロフェッサー、今どきインクを入れるスタイルの万年筆を使っているのは、あなた位ですよ」とからかわれたことがある。マス目を一字一字埋めていき、ペン先から流れるインクが次の行に移る頃、スーッとかわいていき、はねたりとめたりの日本文字を微妙に表現してくれるペン先の感覚はワープロ派にはわからない醍醐味だ。値段も安く手軽でインクの入替の手間もいらないボールペンをあまり使う気になれないのは、万年筆の持つそうした情緒がないからである。

したがって万年筆を探す時は、自分用、贈答用の別なく慎重を期する。それを理解しない店員、売り子に会うと無性に腹立たしい。何年か前、海外の出張の折、シアトルの空港の免税店で一本購入しようとした。やや太めが好みであったので、書きあじを試そうとするといけないという。即座に買うのをやめた。書いてもみないで万年筆を買うことは、体に合わせてもみないで着る物を買うのと同じだと思ったからだ。

新聞—強制収容所『比良時報』

マイクロフィルムのリールを回す手が震えた。ここはカリフォルニア大学ロサンゼルス校、日本でもUCLAの名で親しまれている同校図書館のマイクロフィルムの閲覧室である。ある日系移民家族のことを調べている内に、この家族が戦時中暮らしていた強制収容所の中で発行された新聞があることを知った。

一九四二年二月、時の大統領フランクリン・ローズベルトは、大統領命令第九〇六六号に署名。カリフォルニア州、オレゴン州などアメリカ西海岸に在住していた日系人約一二万人は、スパイ活動、反米活動を行うおそれがあるとの理由で、移動することを命じられた。アーカンソー、アリゾナ、ユタなどの内陸部に急遽作られた収容所に入ることを余儀なくされ、日系市民達は二束三文で家具や車を売り払い、家も人手に渡して住み馴れた西海岸から、身の回りのものを詰め込んだ両手に持てるバッグだけ携えて、用意された汽車に乗り込まなければならなかったのである。

砂漠の中に立ち並ぶバラック、それを取り囲む有刺鉄線。しかし、収容所には病院も学校も生活協同組合もあり、隔離された小都市ともいえた。アメリカはキャンプ＝収容所という名の与える暗さを嫌い、リロケーションセンター＝転住所とここを呼んだ。こうした転住所は全米で一〇カ所あった。

今回、私が追った一家が送られたのは、アリゾナ州ヒラ・リバーの収容所。一面の砂漠のところどころにサボテンが生え、風が吹くとドアと窓のすき間から砂が入り込み床の上がまっ白になるような場所であった。ここで約一万五〇〇〇人の日系市民が二年余にわたって生活を送ったのである。

だが、日系市民達はくじけなかった。幸い一番心配していた食物、衣服は十分に支給され、西海岸にいた時代のように食べるために朝から晩まで働く毎日とは違った生活形態が出てきた。はじめて自分の時間、暇が持てた彼らは、男性は囲碁、将棋、短歌、俳句、女性は茶の湯、生け花、日本舞踊など、かつての母国の文化を改めて学ぶ機会も持てたし、収容所内でのバスケット、野球などスポーツの対抗戦も大いに楽しむことができた。

やがて所内でのコミュニケーションの手段として新聞が発行された。はじめは検閲を考慮して英文のみであったが、その内英文五ページ、日本文三ページの週二回発行の『比良時報』と称する貴重なニュース・ペーパーと変った。

カリフォルニア大学図書館に集められたこれらの新聞をたん念に読んでいくと、収容所の日系人の不安と同様、喜びと悲しみが四〇年の歳月を経たいまでも伝わってくる。

一九四二年一〇月一〇日の見出し

日系市民よ、噂に迷はず安心せよ‼

—「市民の権利は飽まで擁護せむ」

日系人の市民権を剝奪する憲法修正案が議会を通過したとの噂が所内に流れ、皆が動揺したのを抑える「号外」。
一九四三年一月一日の二面
御馳走のかずかず
正月の食膳を賑わす日本的の味
皆の努力でお雑煮、黒豆、酢の物、赤飯が食べられるとの朗報。
一九四五年一月一日の一面
帰るべき家を言ふより戦ひの波静まれとねがひ切なり
発行部数四〇〇〇の『比良時報』がどれだけ彼らの心の支えになったか、私は目の痛くなるのを忘れて、マイクロリーダーに写し出される紙面を読みふけったのであった。

（1983・7）

歌

Allons enfants de patrie
Le jour de gloire est arrivé!

フランス国歌、ラ・マルセーズの大合唱がホテルニューオータニの宴会場に響きわたった。といって、フランス人の出席した会ではない。ゼミのOBの結婚披露宴である。

この卒業生は小学校から高校まで、フランス語教育で有名な暁星に学び大学から慶應に入ってきた。暁星時代の仲間がお祝いにかけつけ、幼い時から親しんだフランス国歌をフランス語の先生、新郎をまじえて大声で歌い結婚を祝福したというわけである。

一口に歌といっても、国歌からオペラ、シャンソン、歌謡曲、童謡にいたるまで数限りなくある。歌は聞くのも好きだし、歌うことも嫌いなほうではない。最近のリズムばかりで歌詞と曲とが一致していないようなものはどうしても合わないが、童謡、小学唱歌、国民歌謡から藤山一郎、霧島昇、灰田勝彦など戦前・戦中・戦後の歌は二〇〇曲から三〇〇曲はいける自信がある。

音楽と歌はまさに国境を越える。何年か前こんなことがあった。アメリカで一年過した後、ヨーロッパを経て香港を訪れた。香港にアメリカ人の大親友がいて、彼のアパートに四、五日いるうち、韓国人を紹介された。年齢からいって日本語教育を受けた世代だと思うが、向うも日本語は絶対話さず、こちらもあえて日本語で話そうとはしなかった。

やがてアメリカ人夫妻とわれわれはマカオを訪れることになった。ポルトガル領マカオはカジノで知られるとともに、かつてのポルトガルの遺産が残っている観光の場所でもある。朝香港を出て、夕方マカオから船で引揚げる時、夕陽が沈む時であった。水面の彼方に沈む真赤な太陽を見ながら、私は思わず小学唱歌を口ずさんでいた。

ウミハヒロイナ　オオキイナ

ユレテドコマデツヅクヤラ

歌っていると後から歌声がだぶってきた。みると同行した韓国人である。

「この歌はいいな。昔を思い出すな」

この韓国人は小学校時代、日本語教育を受け、日本人の音楽の先生から「春の小川はさらさらいくよ……」「我れは海の子白波の……」「秋の夕日に照る山もみじ……」など多くの歌を教わったという。われわれ二人はこうした歌を次々口ずさみながら、マカオから香港への船の旅を楽しんだのであった。急に親しさを増したわれわれ二人を紹介してくれたアメリカ人夫妻は怪訝な顔で見ていたが、歌が二人の間を急速に接近させたと聞いて、やっと納得がいったようだった。

数年前『藤山一郎とその時代』という本を新潮社から刊行した。「酒は涙か溜息か」「丘を越えて」「青い山脈」など大ヒット曲を持つ国民栄誉賞受賞歌手だが、戦時中、ジャワ（現インドネシア）を中心に日本軍の慰問と現地人の工作に赴き捕虜になったことは意外に知られていない。暑い戦場で娯楽に飢えている兵隊達がくいいるようにして聞き入るヒット曲の数々、いつ解放されるかわからない単調な捕虜生活のなぐさめになったのは藤山の奏でるアコーディオンとその歌声であったのだ。また「ブンガワンソロ」など現地の曲を採譜して収容所の看守達を喜ばせたり、イギリス民謡を披露して占領の責任にあたっていたイギリス人将校達を喜ばせたのも国境を越えた音楽の力であった。

慶應で学んで良かったことのひとつは、生活に歌がついてまわったことだ。式典の時は荘重な塾歌、スポーツ、コンパ等々の時は必ず「若き血」が歌われる。あの宇宙飛行を行った向井千秋さんが目覚しに、母校の応援歌「若き血」を使ったなどと聞くと、たまらなくうれしくなってくる。

離婚

「この度私達離婚致しました。……」

ゼミナールの女性の卒業生から離婚通知がきた。結婚通知はよくもらうが、離婚通知をもらったのは初めてだ。この女性は九州の高校から指定校推薦で法学部政治学科に学び、男まさりのリーダーシップを学生時代から発揮していた。卒業後は外資系の会社に入り、縁あって会社の部下と結ばれたのだが、やはりいろいろあってうまくいかなかったらしい。

その他にもゼミの卒業生から、誰々が離婚したとか年賀状のすみに「旧姓にもどり住所も前の所になりました」などと書いてあって結婚生活が破綻したことを知ることが多い。

結婚式に出席した時には、ウェディングドレスに身を包み、あんなに幸せそうでまわりも祝福していたのにと一瞬心が暗くなる。だが最近女性が離婚することはかつてほどハンディキャップでなくなった。昔よくいわれた「出もどり」「キズもの」といった世間の冷たい目はかげをひそめ、むしろ「いやな男性と無理して生活するよりは良かったのではないか」とのなぐさめとはげましの声の方が多い。

離婚した方もサバサバとして、「私バツイチです」などと平気でいう。ゼミのＯＢ会にも顔を出す。一回の離婚経験者をバツイチとは誰がいいはじめた表現かは知らないが、ジメジメした暗さはこの言葉からは感じられない。

バツイチの女性が多くなった原因は、いろいろあろう。

第一は、男性が頼りなくなったことである。「黙ってオレについてこい」型の男性も少ないし、ましてや母親に大事に育てられ、小さい頃からお絵描きだ、塾だ、水泳教室だと、子供時代からガキ大将どもと泥にまみれて遊ぶチャンスがなく、いい子として育てられ、大学を出、結婚すると、パートナーである妻に母親役を求める。そうした甘えと頼り甲斐のなさに対する女性の不満がつもりつもった結果が破綻につながる。

第二は、女性が自立できるようになったことである。かつては結婚自体が女性の目的であり、離婚などしようものなら職に就くこともできなかった。最近は結婚後も共稼ぎ、子供ができても産休・育児休暇をもらい、子育てが終ると社会復帰し、バリバリ働く女性が増えている。こうした女性自体の生活に対する不安のなさが離婚を助長しているともいえる。

第三は、離婚することを容認する社会的風潮である。特にアメリカにおいてはその傾向が強い。大学院生時代留学して仲良くなった当時のアメリカ人の仲間達のその後の消息を聞くと、一〇人中七、八人が離婚していることに驚くことがしばしばだ。「奥さんはどうしてる」とうっかり聞いて「前のか、今のか、どっちのことを聞いているんだ」という答に接し、ガク然とする。ハーヴァード大学の入江昭教授のお嬢さんが結婚したが、新郎、新婦の両親共離婚経験なし、アメリカだと結婚式に実父・実母、養父・養母なども招くので両家両親四人というのは極めて健全であるとほめられたという。

ブッシュ元大統領は大統領自身はもとより家族の中で誰も離婚経験者のないことが新聞で報道された。これはむしろ珍しいケースとして報道されるので、アメリカの小学校で学んだ日本人駐在員の子供は、教室で先生が「両親が離婚したことのある人」と質問すると、ハイ、ハイとクラスの三分の一ほどの子供が手をあげたのを見て改めてびっくりしたという。

日本でも円より子氏が主催する「ニコニコ離婚講座」に見られるように、離婚自体を悲劇と考えずこれからのステップと考える傾向が強まったのは、いいことなのであろうか。ただし『×一の女たち』と銘打った本が本屋の店頭に平積みにされているのを見ると、やはりこれでいいのかと少々考えざるを得ない。

テレビ

「テレビで拝見しました。昔とちっともお変りなくて、懐かしくてお電話しました」

二〇年以上、音信のなかった知人から電話がかかってきた。ＮＨＫ教育テレビの「視点・論点」に出演したのを見たというのである。マスメディアの中で、テレビの持つ影響はきわめて大きい。

古くから政治家は、マスメディアをうまく利用してきた。「新聞は紙の爆弾だ」といったのはあのレーニン。そしてヒットラーは、映画という映像の力を最大限に活用しようと女流監督、レニ・リーフェンシュタールを起用し、ナチス党の記録映画を撮影させ、クランクを利用しての俯瞰撮影、獅子吼するヒットラーの表情を、壇の下から一八〇度撮るなど斬新な趣向でナチの栄光の宣伝に一役も二役もかった。あの一九三六年のベルリンオリンピックは、別名「ナチス・オリンピック」といわれるほど、ヒットラーとナチスの栄光を世界に誇示するために仕組まれたものだった。そしてその記録映画「民族の祭典」は世界中で上映され、芸術品として一級であるとともに、ナチスドイツの宣伝に有形無形の力を発揮したのである。

そして、マスメディアの影響に決定的な役割を果したのが、家庭におけるテレビであった。ホワイトハウス勤務の女性と「不適切な関係」にあったことを認めるクリントン大統領の弁明の表情までもが、茶の間でクローズアップにして伝えられる。

政治、特に大統領選挙にテレビが大きな役割を果したのは、アイゼンハワー大統領の後を継いで、立候補を表明した民主党のケネディ、共和党のニクソンの両候補のテレビを通じての直接討論であった。「ザ・ディベート」といわれたこの討論会で、弁護士資格も持ち副大統領の経験を有したニクソンは、そのさわやかな弁舌でケネディ候補を圧倒しようと、自信を持っていた。一方、ケネディ陣営は、若さを前面に押し出し、かつテレビ放映を行うテレビ局のスタジオの壁の色まで調査し、どのような背広、シャツ、ネクタイが映えるか計算して臨んだのである。そしてニクソンとの直接対決より、自分は大統領になったらこうするというアピールを、ニクソンにではなく国民全体に訴える姿勢をとったのだ。その結果、よくいわれるようにテレビを見た視聴者は七・三でケネディに軍配をあげ、同時中継でラジオのみ聞いた聴取者は画面がない声だけの討論からニクソンの勝ちと判断したという。

日本の首相で、マスコミ、特にテレビを意識したのは中曾根元首相ではあるまいか。歴代首相が、下手なゴルフをやっている姿を伝えられたのに対し、中曾根さんは水泳をやりクロールで水しぶきをあげている写真を撮らせる。テニスを楽しんでいる姿を披露する。外遊すれば、ベルリンの壁を見てと題する短歌を披露する。サミットに出席すれば、歴代首相が他国の首脳と離れてポツンとしているのに対し、レーガン大統領とサッチャー首相の間に強引にわりこんで存在感を示すといったパフォーマンスを次々と演じた。

初めてテレビ出演を依頼されたのは、今から三〇年ほど前であろうか。「メイクをして下さい」といわれ、ドーランを顔中に塗りたくられ、まゆ毛まで濃くかかれてこれでは役者と同じだと感じた経験がある。学生時代、放送研究会にいて、放送劇をやっていた経験もあり、教室で大勢を前に話すことになれていたから特にあがるということはなかった。だが当時は録画などなかったから、本番で時間をオーバーしないように苦心したことを想い出す。

本番直前、ディレクターが「本番、三〇秒前です」、そして五秒から無言になって指を折りはじめていよいよスタート。そして、時間内に終るとホッとしたものだ。だが、どうしてもあせると、時間より三秒ほど早く終る。そうした時は「今日は、池井がお伝えしました」といって時間をかせぐ要領まで覚えた。

テレビ朝日の「ニュースステーション」の久米宏によるダイオキシン報道が所沢のほうれん草の価格を三分の一に下落させるなど、今日、テレビの持つ影響力は驚くほど大きい。

安全—野球の場合

バッターが自らの打った打球を股間に当てた。倒れこんでもがき苦しむ打者を見て、ラジオのアナウンサーは解説者に聞いた。「どうしたんでしょうね」。グッと詰まった解説者、「なんと申しましょうか、あれはご婦人にはわからない痛さで……」。アナウンサーはＮＨＫの快弁志村正順、解説者は小西得郎、テレビがまだ発達しなかった昭和三〇年代前半。一世を風靡した「なんと申しましょうか」という小西節はこうして誕生した。

スポーツに怪我はつきものである。特にスリルとスピードを要求されるスポーツはそれだけ危険度が高い。野球もピッチャーがバッターに向って全力をこめた快速球を、あるいはホームプレート付近で変化するカーブ、シュート、フォークボールなどを投じ、これをバットのシンで打とうとするのだから、危険が生ずることは当然である。危険があるのはバッターだけに限らない。ランナーになってベースめがけて激しく滑り込んだり、あるいはまた野手が体当たり的スライディングをかわしながら送球すればそこにも危険があるといえよう。現に昭和四七年の第一回日米大学野球選手権において、一塁走者早稲田大学の東門選手が、送球を頭に受けて倒れ、帰らぬ人となった痛ましい事件もある。

さてこうした危険が伴う野球というスポーツをやるにあたって、過去、人々はどのような工夫をこ

らしてきたのであろうか。野球の中で一番危険なポジションはいうまでもなくキャッチャーである。ピッチャーの投球を受けるのみならず目の前でバッターがバットをふりまわす。から振りすることもあれば、ファールチップとなって、顔面、足下などを襲うこともある。初期の野球ではキャッチャーは、はるか後ろにかまえてこれを処理していたことがあった。すなわちピッチャーの投球をワン・バウンド、あるいはツー・バウンドでとっていたのである。しかしやがて投球を直接捕球するようになると、まず顔面を保護するためマスクが考えだされた。次に胸を保護するためにプロテクターと呼ばれる胸あて、そしてひざと足を守るレガーズ、さらに外面からは見えないが急所を保護するバイク・サポーターである。と同時にキャッチャーの技術あるいは捕球体勢そのものにも変化が生じはじめた。キャッチャーは両手を大きく広げて、さあこいと構えていたのを、

つき指をしないために右手を握るようになり親指を他の指の中に包みこむことにした。さらに現在では大リーグの捕手でさえ、丸いアンパン型のミットを嫌い、たてに長いキャッチャー・ミットを使って網の部分で捕球し、かつまた右手を腰の後ろに引いて片手捕りするまでにいたった。またピッチャーの低めの球がホームプレートでバウンドしてあごに当るのを防止するため、マスクのあごの下にビラビラをつけるのも最近の風潮である。

野手も内野手は強烈なゴロに備えバイク・サポーターを使用している者が多い。例えば王の打球などが直撃したら致命的な傷を負うことまちがいないからである。かつて大洋ホエールズで一塁と外野をかけもちしていた近藤和彦選手は次のように語っている。「ファーストを守ってて、王がバッターボックスに立つと打球が来ないでくれ来ないでくれといのるようにしたもんですよ。われわれだって本当にこわいと思うことがあります。思わず目をつぶることもね」

バッターも投球によって危険にさらされる度合いが多いことから、はじめ帽子の下にラバーを入れていたのを、次第にヘルメットをかぶるようになり、そのヘルメットもイア・フラップという耳あてのついた物を使用するのがプロ野球の世界でも一般的になってきている。しかし丈夫なヘルメットが出てきたおかげで打者は勇敢に投球に立ち向かうプラス面がでてきたのと同時に、顔あるいは頭にくるボールをよけるのが下手になったというマイナス面もでてきた。

用具の材質についてもキャッチャーのマスクが従来のいものからワイヤーを使ったより強力なものに変り、バットも反発力と折れにくさを兼ね備えた圧縮バットが登場し、さらに金属バットが出現するなどその進歩は著しいものがある。

球場の設備にしても一九八二年巨人・阪神戦においてタイガース佐野選手が打球を追って甲子園のレフトフェンスで頭を強打し、意識を失って回復まで数カ月を要したことから外野フェンスにラバーをはるなどの工夫がなされている。一方天然芝に代わる人工芝の出現は打球のスピードが増すことによってより危険度が高まる一面、不規則バウンドがなくなることによる安全性、土の上の天然芝より硬いために足腰にかかる負担の増大など、今後研究すべき課題は山ほどある。

スピード、スリルにセキュリティが加わった3Sがスポーツをより楽しくする三要素ではなかろうか。


（1983・3）

名刺

日本人ほど名刺のやりとりの好きな国民もない。

地方に講演に行くと痛感する。駅に出迎えに来た人が、「本日はご苦労様です。こういう者ですが」

とまず一枚さし出す。会場に着くと、責任者、副責任者が「今日は遠いところをありがとうございます」で、また名刺。講演が終って、地元有志によるパーティともなると大変である。「市の商工会議所の××ですが」「息子が先生の大学の経済学部にお世話になっております」「私は昭和二七年、文学部の卒業で……」と、あっという間に十数枚の名刺が手元に集まってくる。

自宅に帰って整理をするが、礼状を出したい、今後の連絡に必要と思われるものは、そのうちのほんの一、二枚にすぎない。さらに困ったことには、自分が名刺を出すからには、相手方もくれるのが当然だと思っていることである。講演をする場合、こちらの身分も姓名もわかっているはずである。それにもかかわらず、自分のを出して、こちらが出すまで渡すのをひかえている人が多い。ケチなことをいうようだが、われわれ大学の教師は、会社と違って大学当局が名刺を作って支給してくれることがないから、町の印刷屋に頼んで一〇〇枚あたり二五〇〇円を投じて自前で作っている。その名刺が単なる儀礼で三〇分の間に二〇枚近く消えてしまうのは、なんともバカバカしい。

何故、日本人はこれほど名刺にこだわるのか。ひとつは肩書きへの信仰であろう。大会社、大新聞社、官庁などの肩書きを記した名刺が、どれほど日本社会でものをいい、信用のバロメーターとなるか。単なる山田一郎では会ってくれない人も、三菱商事株式会社秘書課山田一郎なら、バックにある肩書きがものをいって会ってくれるだろう。昭和二三年に発生したあの帝銀事件から、巷の詐欺にいたるまで、いかに名刺と肩書きを利用して被害にあったかを考えればよくわかる。

日本人で洋式の名刺を用いたのは万延元年（一八六〇年）に、幕府から遣外使節としてアメリカに派遣された新見豊前守等が最初である。当時のニューヨーク・ヘラルド紙に「これらの名刺は桑の皮から作られたもので、幅三寸、長さ六寸ほどのものである。三使節（新見豊前守、村垣淡路守、小栗豊後守）の名が、日本語及び英語で記されている」と書かれている。

最近、日本人の名刺好きがわかったせいか日本人と会うと外国人がよく名刺を出す。これは大変助かる。表は横文字、裏にはカタカナで書いてあるものも多い。アメリカ人でもフランス系、ポーランド系などは、スペリングと発音が違うことが多いから大変助かる。たとえば、LAFBREがラフィーバーなのかレフィーブレなのか迷うような時、カタカナで書いてあると大変助かる。

中国人、韓国人の場合は、漢字と横文字が記されているとこれまた助かる。たとえば江沢民主席は、日本読みだとコウタクミンだが中国読みだと Jiang Zeming ジャンツーミンだ。韓国人となるとなお助かる。中国人は日本の音読みの発音で読まれても、不快感を表明しないが、韓国人は原地読みにこだわる。特に韓国の場合、金、李、朴などの姓が多いから、ローマナイズされることでようやく本当に近い発音ができるということだ。

したがって、外国人と名刺を交換する時は裏に英文で刷ったものを渡す。ただ印刷する時、日本語だけのものの三倍位値段がかかるのが痛し痒しである。

サユリストとコマキスト

サユリスト、コマキストといっても最近の人にはわかるまい。吉永小百合、栗原小巻のファンをさす。一九六〇年代から七〇年代にかけて、この二人は清潔なイメージに加え、演技力もあるスターとして幅広い人気を集めた。

この二人にはいくつかの共通点がある。吉永小百合は、中学時代にラジオドラマ「赤胴鈴之助」や松竹映画「朝を呼ぶ口笛」に出演。日活に入社して花開いた。一方栗原小巻は高校を中退して東京バ

レー学校に学び、演技勉強のため俳優座養成所に入所。女優の道を選んで「アンナ・カレーニナ」の小間使い役が初舞台、その後多くの舞台と映画に出演し、その実力を認められていった。

二人の共通点の第二は、作品と監督に恵まれたことだ。吉永には浦山桐郎監督との出合いがあった。一九六二年の「キューポラのある街」は、貧しさにめげず、けなげな少女という役柄をうまくひき出してもらい、栗原は熊井啓監督が手掛けた三浦哲郎原作「忍ぶ川」の志乃の役によって、映画スターの仲間入りを果したのである。その後吉永は、純情で明朗な少女スターから、市川昆監督の「細雪」、同監督の「おはん」「つる」などで中年の演技派に脱皮することができた。そして自ら一〇年来映画化を熱望していたという中里恒子原作の「時雨の記」で中年男女のあわい恋を描く主人公多江役を見事に演じた。これに対し栗原小巻は舞台人として「セツアン

'99 3

の善人」のシェンテとシュイタ、「メアリー・シュチュアート」のメアリーなどの代表作を持つと同時に、映画では「モスクワ、わが愛」、中国との合作映画「乳泉村の子」に出演するなど、これまた年齢を感じさせない秀れた作品に次々と出演している。

二人の第三の共通点はスキャンダルに無縁なことであろう。吉永小百合は一九七三年、フジテレビのプロデューサーと結婚、以後浮いたうわさ一つたたず、栗原小巻は独身は続けているものの、週刊誌やワイドショーのたねになるような話は聞いたこともない。

さて、この二人には個人的に会う機会があった。吉永小百合とは、慶應と早稲田の体育会OBが合同で会う会の席上、スペシャルゲストとして招かれた彼女と、控え室とステージで語り合う機会があった。彼女は早大文学部の出身、馬術部に籍を置いたことがあるとあって、そのあたりの話から始った。

「馬術部といっても、飼い葉のための草刈り部員でした。当時サッカーの釜本選手が全盛時代で、よくサッカーグランドの見える所で草を刈ったものです。ただ仕事が忙しく、半年位で〝落馬〟してしまったので、当時の仲間と〝落馬会〟を作り時々集まっています」等々の話がはずんだ。

気さくでしんがしっかりしており、マスコミに流されない「時雨の記」の多江のイメージそのままの人柄に、好感を持った。

栗原小巻とは『文藝春秋』に彼女に関する小さなエッセーを書いたのを目にした商社マンが、「モスクワ支店長時代、よくロシアを訪れた彼女を自宅に招いたものです。一度ひき会わせてあげましょう」というわけで、その商社が栗原小巻を囲む会を催した時、同席する機会を得たのである。

女優とかスターは、スクリーン・舞台・テレビを通して持っているイメージと、実際に会った時のギャップに驚くことも多い。よろめきドラマの主人公が実際にひどくはすっぱだったり、謙虚な教師役を演じている女優さんがスター意識で鼻もちならないこともあるとよく聞く。

だがこの二人に関しては抱いていたイメージと実際とが一致し、まさに「時雨の記」の多江、「忍ぶ川」の志乃と再会したような気分になった。

栗原小巻と一緒にとった写真を見てゼミの学生がキャプションをつけましょうかといった。

「栗原小巻、慶大教授と親密交際発覚！」

小巻さんらしいもう少しましなキャプションをつけろという私に、ではこんなのはどうでしょうと学生がいった。

「慶大教授、栗原小巻にあらためて演技指導」

「うーん、これならいいだろう、だが、小巻さんはいやな顔をするだろうな」

学生と一緒に大笑いしたのだった。

あとがき

小学生の頃から文章を書くのが好きだった。大学に残って、論文や教科書に使用する概説書を書くことはもちろん、折にふれエッセイ風の雑文を新聞・雑誌などに発表する機会も多くなった。『東京新聞』の連載コラム「放射線」、『神戸新聞』の「随想」、『神奈川新聞』のリレーエッセイ、『公明新聞』の「にしひがし」、『東京中日スポーツ』の「セブンアイ」、ミニコミの週刊新聞『世界と日本』の「帰去来」、『THEMIS』に「今どきの若者」を定期的に連載したのをはじめ、産経新聞の「正論」欄、読売新聞、文藝春秋等々から、時々依頼がくるようになった。中には、『婦人公論』一九八七年七月号に発表した「慶應ガールの時代」のように、その年のベストエッセイのひとつに選ばれたものもでてきた。

いつの間にか書きためた雑文は、地方新聞に一八年間にわたって連載した「野球文化論」は別として、一二〇編にも及んだ。一編、一編読み返してみると、書かれた当時の時代の背景、自分をとりまく環境がよみがえってくる。

この度、定年を迎え慶應義塾を去るに際して何か想い出になるものを残したいとの考えから、このエッセイ集を出すことを思いついた。内容に応じて、第一部は慶應と大学にまつわるもの、第二部は私の生い立ちと先生、友人、旅行などを扱ったもの、第三部は文字通りの身辺に起った出来事に対する感想を記したものである。文章を書くことがきらいでない上に、好奇心旺盛で、専門の外交史以外に野球の本を七冊、『藤山一郎とその時代』といったノンフィクションにも手を染め、我ながらこの情熱を学問にふり向けたなら博士号のもうひとつ位とれたであろうと思うくらいである。

書名は慶應の応援歌の中で一番好きな「慶應讃歌」の三番からとった。東京に生れ、横浜に引越して三十数年、特に故郷を持たない私にとって、三田の山は第二の故郷である。外でいやなことがあっても、三田山上に上ってくると気分が晴れた。正門を入り南校舎を抜けて大銀杏が見えるとほっとした。こことという帰るべき故郷を持たない私にとって、三田の山は第二の故郷ではなく第一の故郷であるのかもしれない。

旧知の漫画家コーチ・コーさんは、エッセイを引立てる素敵なさし絵を寄せられ、二〇年以上にわたって研究室で私設秘書として働いてくれた郡山淳子さんは原稿の浄書、整理に力を貸してくれ、ゼミOGの青山陽子さんは、一二〇余のなかから本書に収録する八二編を選び出す作業を手伝ってくれた。影絵作家の第一人者藤城清治氏は、表紙を飾る絵を使用することを快諾され、慶應義塾大学出版会の田谷良一、荒木正一の両氏は編集と連絡に多くの時間を割いてくれた。感謝の意を表したい。

本書を六五年にわたって小生を支えてくれた人々に感謝をもって捧げたい。

二〇〇〇年三月

池井　優

初出一覧

第一部

最近塾生用語事情　「塾友」一九八九年九月号
卒業論文　「日本歴史」一九九七年一二月号
卒業論文返還式　「世界と日本」一九九二年二月一〇日号
遊び　「婦人公論」一九八七年春季増刊号
横浜ツアー　「ベストパートナー」一九九八年七月号
応援団　「THEMIS」一九九三年一〇月号
慶應ガールの時代　「婦人公論」一九八七年七月号
女子高生　「世界と日本」一九九七年一一月三日号
死―教え子に先立たれる悲しさ　「アサヒグラフ」一九八九年三月一〇日号
レポート　「THEMIS」一九九三年三月号
クン、さん、呼び捨て　「世界と日本」一九八二年一〇月一一日号
学帽　『完結　値段の明治大正昭和風俗史』一九八四年
合宿　「THEMIS」一九九三年八月号
大学図書館が変った　「THEMIS」一九九三年七月号
「慶應スポーツ」奮戦記　「THEMIS」一九九三年九月号
学生相談室　「THEMIS」一九九三年六月号

第二部

父の原稿　「アーガマ」一九九三年春季号
母―教育ママの〝元祖〟　「文藝春秋」一九九六年

一〇月号
八月一五日の空　「一枚の繪」一九八〇年九月号
中学時代　「日本教育新聞」一九八一年七月一三日号
五〇年目の秘話　「世界と日本」一九九七年五月一九日号
羅先生のお土産　「アジア時報」一九八五年八月号
ライシャワー教授　「神奈川新聞」一九九〇年九月二七日
友―球友ビル、旧友マイク　「蘇る！」一九九六年一一月号
ドクター・ホプキンス　「世界と日本」一九九七年七月八日号
住い―建て替え　「マイホームプラン」一九八五年七月号
住い―転居　「住」一九八五年六月号
旅―ボルチモア　「MEN'S CLUB」一九八五年一一月号
旅のコレクション　「宝石」一九八三年一二月号
旅―ゼミ学生の見た中国　「諸君！」一九八〇年五月号
鈍行のすすめ　「コンコース」一九八〇年五月号
水上温泉と誉国光　「旅」一九八三年一二月号

第三部

逃げた小鳥　「中日新聞」一九七七年三月一〇日
逃げた小鳥その後　「中日新聞」一九七七年四月一日
ヒヨドリが巣立った　「神奈川新聞」一九八九年八月二日
家出犬探し　「世界と日本」一九八三年七月一一日号
動物愛護　「世界と日本」一九八一年六月一五日号
脱げば一万円？　「読売家庭版」一九八四年一月号
フリーウェイ・ハイウェイ・雪道　「ARTERY」一九九八年三月号

クレジット・カード　「THE CARD」一九八四年九月号

詐欺「塾友」一九九一年五・六月合併号

落語「銀座百点」一九八七年九月号

川柳「正論」一九九五年二月号

自動車―米国で車の免許を取る方法「世界と日本」一九八一年一二月二八日号

米国中古車騒動記　「文藝春秋」一九八二年一一月号

郷には入っては……　「世界と日本」一九八六年七月七日号

現代アメリカ男女交際事情　「経済往来」一九九四年一一月号

食べる―器　「目の眼」一九八七年六月号

脱「くれない族」老人のすすめ　「かくしん」一九八四年九月号

寒中見舞　「世界と日本」一九九八年二月九日号

新聞―強制収容所『比良時報』「三田理財クラブ」一九八三年七月号

安全―野球の場合　「SECURITY」一九八三年三月号

※それ以外は、新たに書き下ろしたもの。

池井　優（いけい　まさる）
1935年生まれ。1959年慶應義塾大学法学部政治学科卒、1966年同大学院法学研究科博士課程修了。1972年慶應義塾大学法学部教授。2000年3月に定年退職。同年4月より、清和大学法学部教授。法学博士。日本外交史のみならず、野球界をはじめ多彩な分野に才筆をふるっている。著書に『三訂 日本外交史概説』（慶應義塾大学出版会）、『大リーグへの招待』（平凡社）、『陸の王者 慶應 体育会名勝負ものがたり』（慶應義塾大学出版会）、『オリンピックの政治学』（丸善）、『藤山一郎とその時代』（新潮社）、『決断と誤断 国際交渉における人と名言』（慶應義塾大学出版会）など。

第二の故郷 三田の山

2000年4月1日 初版第1刷発行

著者――――池井優
発行者――――坂上弘
発行所――――慶應義塾大学出版会株式会社
郵便番号 108-8346 東京都港区三田 2-19-30
TEL〔編集部〕03-3451-0931
〔営業部〕03-3451-3584〈ご注文〉
〃 03-3451-6926
FAX〔営業部〕03-3451-3122
振替 00190-8-155497
印刷・製本――――三協美術印刷株式会社
装丁――――桂川潤
装画――――藤城清治

Printed in Japan ISBN4-7664-0789-X